悪役好きの俺、推しキャラに転生 2
～ゲーム序盤に主人公に殺される推しに転生したので、
俺だけ知ってるゲーム知識で破滅フラグを潰してたら悪役達の帝王になってた件～
高野ケイ
illust. ✦ kodamazon

メグ
ハミルトン家に仕えるメイドでロザリアの同僚。実はフィリスとは同じ孤児院の出身で仲が良い。

フィリス
ハミルトン家の養子でヴァイスの義理の妹。幼い頃から優秀で、ヴァイスの父も彼女の方に期待をかけていた。
ヴァイス
ゲーム序盤で倒される「悪役領主」……に、日本から転生してきた少年の精神が入り込んだ存在。

CONTENTS

I like villains,
so I reincarnated as one.

プロローグ 006
Prologue

一章 VS魔剣領主ヴァサーゴ 009
Episode 01

二章 悪役領主の兄と天才魔法少女と呼ばれた妹 122
Episode 02

三章 新たなる脅威 192
Episode 03

フィリスの日常 266
EX Episode

悪役好きの俺、推しキャラに転生

2

〜ゲーム序盤に主人公に殺される
推しに転生したので、俺だけ知ってる
ゲーム知識で破滅フラグを潰してたら
悪役達の帝王になってた件〜

✦✦✦

高野ケイ | illust. ✦ kodamazon

I like villains,
so I reincarnated as one.

プロローグ

「ふふふ、今日もヴァイスはイケメンだな」

朝起きて、顔を洗った俺は鏡を見て思わずにやける。これは別に俺がナルシストだというわけではない。むしろ前世では容姿にはあまり自信がなかった方である。

だが、今の俺は推しキャラに転生したのだ。人生が無茶苦茶楽しいし自己肯定感も爆上がりである。しかも、ゲームでは存在しなかった、推しの破滅フラグを阻止するチャンスを与えられたのだ。テンションが上がるに決まっている。

「きゅーきゅー」

鏡の前でポーズをとっていると神獣であるホワイトが俺の肩にのって、頬をなめてくる。本来は主人公達のような意思の強い人間にしか懐かないのだが、俺の推しへの愛に共感したのか、こうして一緒にいてくれている。

そう、俺が破滅フラグを回避できているのはゲーム知識だけではない、支えてくれる仲間のおかげなのだ。

「ヴァイス様、もう起きてらしたのですね、さすがです」

ノックのあとに、着替えを持って微笑《ほほえ》みながら入ってきたのはメイドのロザリアだ。俺の心の支えとして尽くしてくれるだけなく、元冒険者で槍《やり》と氷魔法を得意としており、戦力としても助けてくる素晴らしい少女だ。

彼女の献身と戦闘力がなければ俺は転生してもなにもできずに死んでいただろう。

「朝食ができていますので、準備できたら食堂にいらしてくださいね」

「ああ、ありがとう。すぐに着替えていくよ」

「はい、アステシアさんもお待ちしていましたよ」

「うお、まじか……」

焦り始める俺を見てクスリと笑うとロザリアはお辞儀をして出て行った。アステシアを待たせたら、あとがこわいので慌てて食堂へ向かう。

「おはよう、アステシア」

朝早いというのに、無表情に法衣《ほうえ》を身にまとって姿勢正しく座っている銀髪の少女がアステシアだ。彼女は本来ならばハデスにかけられた『他人に嫌われてしまう』という呪いによって、迫害されてしまい闇堕《お》ちするのだが、なんとか救う事ができた。

「おはよう、ヴァイス。スープが冷める前にきてくれてよかったわ」

無表情なので、なにを考えているのかわかりにくいが、怒っているわけではないというのはわかる。むしろ、隣に座れと促してくる。

「だったら、俺を待たないで食べててよかったのに……」

「あなたと一緒に食べたかったのよ……悪いかしら」

恥ずかしいのかプイっと顔を背けるその姿は、ゲームで『冷酷なる偽聖女』と呼ばれ主人公を苦しめる姿と同一人物とは思えないくらい可愛《かわい》らしかった。

この光景を見れただけでも転生してよかったと思う。

「そういえば、アイギス様から手紙が来ていたわよ」

「ああ、ありがとう」

食事しながら少し行儀が悪いなと思いつつ手紙を読むと、アイギスの母であるマリアベルさんの体調がすっかりよくなったので、今度一緒に食事をしようというお誘いだった。

本来は母を失い誰も信じられなくなってしまい『鮮血の悪役令嬢』と呼ばれるようになる彼女だったが、今は幸せそうでなによりだ。

俺の推しである悪役達を救う事ができて本当に良かったと思う。だが、完全に救われたわけではない。ヴァイスや彼女達を救う過程で俺達は邪教であるハデス教と敵対してしまった。皆が幸せに過ごすためにもハデス教を倒さなければと思うのだ。

そのために俺は転生したのだと思うのだから……。

一章　ＶＳ魔剣領主ヴァサーゴ

「以上が今回の奴隷売買に関する報告だ。邪教は思った以上に幅を利かせているようだな。インクレイ領だけではない……おそらく、国の中枢にも関係者がいるはずだ。私はそっちを探ってみるよ」

「ふぅん……思った通り厄介ね。それで、この現地の協力者っていうのはなに者なのかしら」

王都の十二使徒という精鋭部隊しか入る事の許されない秘密の部屋に二つの人影があった。一人は赤色の髪の二十歳くらいの美しい顔立ちの女性である。

その起伏の豊かな体はローブの上からもわかるくらいで、街中ですれ違えば百人中九十九人は振り返るであろう。

もう一人の人影はボロボロの布切れを身にまとった男……そう、ダークネスだ。魅力的な異性がいるというのに、彼は一切興味を示さず偶然会った協力者に関して楽しそうに語る。

「協力者の名はヴァイス＝ハミルトン。無能な悪徳領主と聞いていたが噂《うわさ》は当てにならんな。優れた行動力に鑑定スキルを駆使し私を動揺させた上に、王級魔法を使って見せたぞ」

「は？　王級魔法ですって？　あれは百年に一人の天才って言われた私ですらようやく使えるのよ。ただの地方領主が使えるはずがないじゃないの!?」

「ならば彼は『煉獄《れんごく》の魔女』と呼ばれた貴公と対等の能力を持っているのかもしれないな、スカーレット」

「あんたね……十二使徒第八席の私を侮辱しているの？」

ダークネスの言葉に、スカーレットは怒気を織り交ぜた視線できっと睨《にら》みつける。平民ながら魔法の腕前を買われて、十二使徒にまで上り詰めた彼女は自分の才能に絶対の自信を持っている。

それを侮辱されたのだ。当たり前だろう。彼女の様子にやらかしたとばかりにダークネスは頬をかく。

「すまない、君を馬鹿にする気はなかったんだ。ただ……やがて、彼が君と同じ領域に到達するかもしれないと言いたかったのだよ」

「ふぅん……あんたがそこまでいうなら一回くらいどんなものか見に行ってもいいかもしれないわね。才能がありそうだったらスカウトしましょう」

「残念ながら君が講師をやっている魔法学園には入学できないぞ。彼は領主だからな。もしも、冒険者だったら是非とも私の部下に、スカウトしたかったのだが……」

先ほどまでの不機嫌が嘘《うそ》のように目をキラキラとさせるスカーレットにダークネスは残念そうに肩をすくめ制止する。

彼女は魔法の事となると夢中になってしまうのだ。止めなければ仕事をほっぽり出してでも、スカウトしにいってしまうかもしれない。

「あら、そう……残念ね。なんか手は無いかしら……ん……まって？　ハミルトン……領主？もしかして、フィリスの兄じゃないの!?」

ハミルトンという名に覚えがあったらしくスカーレットの目が再び輝く。そして、ダークネスもまた、フィリスという名に覚えがあった。というか最近彼女と飲みに行くたびによく自慢げに聞かされている名である。

「ああ、君が最近取ったという直弟子の一人か。全属性の中級魔法を使いこなせるという優秀な少女だろう？」

「ええ、久々に教え甲斐《がい》のある子を見つけたのよ。それにしても、二人ともハミルトン家か……魔法の適性がある血筋なのかしらね」

どこか貴族へのあこがれを持って嘆息するスカーレットの言葉をダークネスはやんわりと否定する。

「それは違うぞ。血筋で多少は才能も決まるかもしれないが、それをものにできるかどうかは本人の努力だ。それを一番知っているのは貴公だろう？」

「ええ……そうだったわね。ごめんなさい。でも……王級魔法を使える人間か……今度フィリスにどんな兄なのか聞いてみようかしら。いっそ課外授業という名目でハミルトン領にいくのもありね……ついでに十二使徒権限でさらうのもありね」

「いや、なしだろう……あまりやりすぎるなよ」

そうして、彼らの雑談は続く。本来十二使徒達がただの地方領主であるヴァイスの事を知る事はなかったが、運命は変わりつつある。

そして……兄が王級魔法を使い、他人を救ったという話を聞いた義妹であるフィリスもまた、ゲームとは異なる行動をするのであった。

★★

「ふーん、色々とあったのね」

「ああ、だから、別にアイギスを仲間外れにしたわけじゃないんだよ」

「……別に気にしてないもの」

アステシアの救出から一週間がたち、俺は拗《す》ねた顔をして頬を膨らましているアイギスと私室にいた。元々遊ぶ予定だったのを断って、アステシアの救助に行ったのと、ナイアルとロザリアも一緒だったためか、仲間外れにされたと思っているからだろう。その機嫌はあまりよろしくない。

ナイアルはマジで偶然なんだけどなぁと思いつつ俺は苦笑する。

「あー、その約束を破ったお詫《わ》びに今度一緒に神霊の泉でも行くか。管理者が決まったから、この前よりも歩きやすくなってると思うぞ。俺も整備されてからは初めていくんだ」

「ふーん、初めてなんだ……仕方ないわね。そこまで言うなら付き合ってあげるわ。どんな格好していこうかしら、ヴァイスはどんなドレスが好き？」

「いや、流石《さすが》にドレスとかは汚れちゃうからな？」

先ほどまでの不機嫌さが嘘のように嬉《うれ》しそうにしているアイギス。鼻歌まで歌ってやがるぜ。

まあ、整備されたといっても、まだ、そこまで時間がたっていないし、神獣や神霊に迷惑がからない程度の整備だ。獣道が多少まともになっているくらいだろう。でも、あの景色をまたじっくりと見る事ができるのは俺も嬉しい。

「ごめんなさい、ヴァイス……ちょっといいかしら？　あら、そちらの女の子は……？」

ノックの音と共に、アステシアが入ってくる。彼女は俺の専属プリーストという事もあり、最近は領主の仕事も手伝ってもらっているのだ。いや、それってプリーストの仕事なのかよって感じなんだけど、彼女がやってくれると言うから甘えてしまっている。

「あなたこそなに者なのよ。ヴァイスとはどんな関係なの？」

「それは……」

アイギスの警戒心に満ちた言葉にアステシアが言いよどむ。アイギスはハデス教徒を筆頭に色々な人が騙《だま》そうとしてきたせいか、初対面の人間に対して警戒する癖が抜けないのと、アステシアは元々人見知りな上に、ハデス教徒の呪いで長く人と接していなかったからか、新しい人間には弱腰になるのだ。

全部ハデス教徒のせいじゃねーか、あいつらマジでクソだな!!

「彼女はアイギス＝ブラッディ、ブラッディ家の令嬢で、俺の友人だ。そして、彼女はアステシア、優秀なプリーストで、俺の専属プリーストをやってもらっているんだ」

「専属プリースト……」

「ブラッディ家……友人……」

見つめあって俺の言葉をオウム返しにする二人。そういえばゲームでの二人はどうだったかな……二人ともハデス十二使徒であり同じ陣営だったけど、アステシアはともかくアイギスは単独行動ばかりだったからあまり絡んでいないんだよな。

実は相性が悪かったりするのだろうか……俺が冷や汗を垂らしていると二人が口を開く。

「そう、ヴァイスの専属プリーストなのね、素敵じゃない!!　ヴァイスは結構無理するから心配していたけどこれなら安心ね!!」

「アドバイスありがとうございます。名門貴族の令嬢が友人とは心強いですね。これからもヴァイスの良き友人であってください」

二人は見つめ合って目を輝かせる。え、無茶苦茶良《い》い感じなんだけど。一体どうしたというのだろうか？　俺が怪訝《けげん》な顔をしていると、アイギスがなぜか嬉しそうに言う。

てか、アステシア敬語使えたんだな……俺にはため口なのに……。

「だって、この人からはあなたへの感謝があふれているんですもの。きっと私の時みたいに辛《つら》い状況から助けてあげたんでしょう？　だったら、私と同じですもの。仲間よ」

「あなたもこの人に助けられたんですね……ヴァイスって、女の子を助けてばかりいるのかしら？」

「いや、なにか俺の女癖が悪いみたいな事言うのやめてくれない⁉」

無表情にろくでもない事を言うアステシアにツッコミを入れると、二人はクスクスと笑いあった。なんだろう……からかわれている気がする。ロザリア助けてくれぇぇぇと思っていると、アイギスが小さく咳《せき》ばらいをして、アステシアの方を振り向いた。

「その……よかったらなんだけど、アステシア……これからたくさん会うと思うし、私と友人になってくれないかしら？　同じヴァイスに助けられた者同士として……」

「それは構いませんが……私は平民出身ですよ？　貴族の令嬢とお友達なんて恐れ多くて……」

「いや、アステシアは俺には友達みたいな感じで接しているじゃん」

「だって……あなたは最初に冒険者を名乗っていたじゃないの。それに貴族って感じがしないし……」

俺のツッコミにアステシアがじろりと睨んでくる。

そして、アイギスが助けを求めるような目で、アステシアが困惑した様子で、こちらを見つめてくるので、俺はほほえましいものを見るように微笑みながら、助け舟を出す。

「アイギスは寂しがり屋さんだからな、平民とか関係なく同世代の友達が欲しいんだよ」

「だって、あなたが信用しているこの子なら私も信用できるし、クールでかっこいいから仲良くなりたいなって思ったの!!」

「クールでかっこいいか……そんな風に言ってもらえたら嫌な気持ちはしないですね。よかったら私の方からもよろしくお願いします」

「ありがとう、私の事はアイギスでいいわ。あと敬語も無しなんだからね」

アステシアの言葉にアイギスが嬉しそうに叫ぶと、アステシアもまんざらではなさそうに頰を赤くする。他人に褒められるのに慣れてないからなアステシアは……。

それよりもさ……俺は目の前の光景に思わず笑みをこぼす。

「くっくっく」

「どうしたのよ？　いきなり変な声をあげて……薬の調整を失敗したかしら……」

「いやいや、なんでもないさ。二人とも楽しそうで良かったなって思ってさ」

そう、俺は推しが幸せそうにこうして喋《しゃべ》り合っているのを見て興奮のあまり、声を漏らしてしまったのだ。だって、これこそが俺が望んでいた光景なのだから……。

「それは……あなたのおかげよ、だからなにかあったら言いなさい。ブラッディ家の名にかけて力を貸すと誓うわ」

「私も……あなたには大きな借りがあるもの。あなたのためならばなんでもするわよ」

二人とも幸せそうな笑顔を浮かべてそんな事を言ってくる。ちょっと嬉しすぎるな。だけど、なんでもか……そういえば、二人ともお礼をしてくれるって言ってたな……今ならば夢が叶《かな》うかもしれない。

「じゃあ、二人ともさっそくいいか」

二人の事を交互に見つめ思わず舌なめずりをしてしまう。

「あなたね……なんでもとは言ったけど限度があるでしょう。アイギス気をつけて……きっとエッチな事を考えてるわ」

「エッチな事……？　そういうのは何度かお茶をして、婚約してからするものよ!!」

なぜかもじもじしている二人を無視して俺はお願いをする。

「鏡の前に立って、戦闘前のポーズみたいなのを取ってくれ。そして、俺が前に立ってリーダーっぽくポーズをとる。ふはははははは、これこそが夢に見た光景!!　俺の理想のパーティー編成なんだ!!」

「「は？」」

俺の言葉に顔を真っ赤にしていた二人は、そろって怪訝な顔をしながらもポーズをとってくれて、それを見た俺は思わず叫び声をあげる。

「うおおおお!!　俺の妄想していた理想のパーティーがきたぁ!!　くっそぉぉぉぉぉ!!　スクショ機能があれば……脳内に直接焼き付けるしかないのか……」

無茶苦茶ハイテンションになっている俺を横目に、アイギスが不満そうな声を上げる。

「これにはなんの意図があるのよ!!　私はもっと違う事を頼まれちゃうかなって覚悟していたのに……」

「説明しよう。本来仲間にならないヴァイス、アイギス、アステシアという俺による推しのドリームパーティーを編成画面風のポーズをしてもらって脳内に焼き付けたんだよ。わかるか、悪役推しの俺がどれだけこれを渇望したかを!!　夢見た光景が今目の前に広がっているんだよ。頼むからもうちょっとでいいから付き合ってくれぇぇぇぇぇ!!」

オタク特有の早口で返すが二人の反応は冷たいものだった。なに言ってんだこいつ……みたいな感じである。

「ねえ……アステシア、ヴァイスの健康状況は本当に大丈夫なの？　変な薬とかやってない？」

「今朝は異常なかったはずだけど……なにか変なものでも食べたのかしら……それとも、ハデス教徒の呪い？　状態異常の回復魔法を使って、念のために下剤も用意するわ。とても苦いけど我慢しなさい」

無茶苦茶テンションの高い俺と反比例するように二人が冷たい目で見つめてくるため、俺も冷静になってしまった。

やっべえー、つい興奮のあまり編成画面とかスクショとか言ってしまった。でも、しかたないじゃん。夢が叶ったんだぜ!!　なん百回と妄想したパーティーが目の前にいるのだ。これでたぎらない人間がいるだろうか!!

とはいえ誤魔化さないと、正常なのに変な薬を飲まされそうである。

「ヴァイス様……失礼します。少しいいでしょうか？」

二人の痛々しい視線を感じながら、俺はどう言い訳しようと悩んでいると救世主がやってきた。ノックと共に扉を開ける彼女に返事をする。

「どうしたんだ。ロザリア」

俺が駆け寄ると彼女は俺の耳元でほかの二人には聞こえないように囁《ささや》く。

「探していた奴隷密売グループの拠点を発見したそうです。どう対処いたしますか？」

「そうか……よくやった。さっそく潰しに行くぞ」

ようやく、バルバロの残した負の遺産の処理が進むのだ。俺はロザリアに出兵の準備を命じるのだった。

★★

「どういう事だよ!!　お前らの仲間がなんとかするって言ってたのにさぁ、よりによって僕の領地に十二使徒が潜入捜査していたんだぞ!!」

ヴァサーゴの叫び声が屋敷《やしき》に響く。彼の手には十二使徒から直々に領地内の調査するという命令書が握られていた。

そう……命令書だ。近いうちに王都から調査員がやってくるだろう。証拠が見つかるような馬鹿な真似《まね》はしないつもりだが、ここにいる奴隷達の処分はしなければいけないだろう。

「落ち着いてください、ヴァサーゴ殿。なんの問題もありません」

「問題ないわけないだろ!! お前の仲間もやられたんだろ? なんでそんなに冷静なんだよ!!」

「ふふ、我々はハデス様のためにのみ生きています。あのお方の復活のために役立てるならば……こんなに幸せな事はありません。死んだエミレーリオも今頃は幸せを嚙《か》みしめているでしょう」

ヴァサーゴの言葉にフードを被《かぶ》ったハデス教徒はどこか恍惚《こうこつ》とした表情で言った。その様子に異質なものを感じながらも、ヴァサーゴはフードの男に問う。

「……それでこれからどうするんだ？」

「我々が狙っていた女が隣のハミルトン領に行ったという情報があります。そして、私達の神の予言ではハミルトン領からハデス様の支配に抗《あらが》う人間が現れると予言が下っているのです」

「というと……？」

「つまり我々ハデス教としてもハミルトン領は目障りなのですよ。ですから、私以外のハデス教徒の援護もうける事ができるという事です」

フードの男はにやりと笑う。

「そして、あそこをヴァサーゴ様の支配下にしてもらおうと思います。本当でしたら無能な領主を傀儡《かいらい》にして、バルバロ達のような小悪党達に支配させるつもりでしたが……」

「ヴァイスの奴か……あいつは別に有能なわけじゃない!!　ただ運がよかっただけだろ!!」

自分よりも劣るはずのヴァイスがアイギスといい感じであるという事にイラついていたヴァサーゴは、ヴァイスの名前に過剰に反応する。

実のところヴァイスとヴァサーゴは歳《とし》も近く隣の領地を治めているという事もあり交流があった。お互い剣を持っての模擬戦なども何度もやっており、そのたびにヴァサーゴは勝利を収めていたので、恐れるに足りないと見下していたのだ。

それなのに最近は彼の良い評判ばかり聞いている上に、アイギスとも仲が良いため負の感情を抱いているのである。

そんな醜い嫉妬心に囚《とら》われている彼を見つめながらフードの男はにやりと笑う。

「もちろんです。私もあの少年は見た事がありますが、特別な才能はありませんでした。ですから、どこかの神の加護を得たのでしょう」

「神の加護だって？　どうやってそんなものを……？」

「それはわかりません。ですがご安心ください……私達はハミルトン領にすべての罪をなすりつけるための策を何個も考えています。そして、あなたを英雄にする方法も……」

「僕が英雄か……」

魅力的な言葉にヴァサーゴは笑みを浮かべ、急《せ》かすように問いかける。

「具体的にはどうするんだ？」

「我らの持つ書面によって、ヴァイスを悪役に仕立て上げましょう。そして、戦争になったところをその魔剣で断罪するのです」

フードの男はヴァサーゴの耳元でこれからの計画を囁く。それは……なんとも魅力的で、彼もうまくいくと思えるようなものだった。

「ああ、そうだな……お前らからもらったこの魔剣ならばヴァイスなど敵ではない。ブラッディ家の貯蔵していた魔剣の中でも強力なものがな」

「はい、圧倒的な力を見た民衆はあなたを畏怖し英雄と称《たた》えるでしょう。そうすれば、武官であるブラッディ家の娘もあなたの事を気にいるのではないでしょうか？」

皆に英雄と一目おかれ、アイギスと共にある己の姿を妄想しヴァサーゴは満足そうに頷いた。

「はは、やはりお前らと組んで正解だった。楽しみにしているぞ」

「気に入ってくださって何よりです。それでは私は準備があるので失礼いたします」

ヴァサーゴはにやりと笑いながら去っていくハデス教徒を見送った。ブラッディ家ほどではないが彼の家系も武官である。まともに戦えばヴァイスや、彼らの兵士になんて負ける事はありえないのだ。

そして、フードの男が去ったのを確認して、ヴァサーゴの背後に無言で立っていた男が口を開く。

「ヴァサーゴ様……奴らは信用に値するのでしょうか？」

「ヴェインは心配症だな。あいつらには利用価値がある。それに裏切るようならば殺してしまえばいいさ」

ヴェインと呼ばれた立派な鎧《よろい》を身に着けた男にヴァサーゴは歪《ゆが》んだ笑みを浮かべて答える。

今の彼の目には都合の良い未来しか映っていなかった。

そう、戦場で活躍すればアイギスだって僕の事を見てくれるに違いない。明るい未来を夢見て彼はにやりと笑う。

★★

「いや、圧倒的だな、わが軍は!!」

「うふふ、流石ヴァイス様が率いている軍ですね」

「なんというか、一方的ね……相手が可哀《かわい》そうになってきたわ」

ロザリアの報告を聞いた俺は軍を率いて、即座にわが領地に残っていた奴隷密売グループの本拠地を襲撃しに行っていた。

戦いの結果は……圧勝である。不思議な事にハデス教徒もいるかと思いきや、ほとんどがかつてのバルバロの部下だった。

「これも、ヴァイス様がラインハルト様から軍事訓練を受けるチャンスを下さったおかげですよ」

「それはちがうぞ、カイゼル。お前がリーダーとして彼らを訓練してくれたおかげだ。本当にありがとう」

「きゅーきゅー♪」

俺はかしこまっているカイゼルの緊張をほぐすように微笑みかける。そして、俺の言葉は嘘ではない。領主としての仕事やアステシアの救助などをしている間にも彼は一生懸命我がハミルトン領のために誠心誠意尽くして兵士達の戦力を上げるべく頑張ってくれていたのだ。その結果、兵士達の単体の能力だけではなく、指揮能力も向上し、軍としての戦力が上がったのである。

もはや俺が最初に率いた時とは別部隊の様に強くなっておりバルバロの残党ごとき相手にはならなくなっている。念のため控えていた俺やロザリア達は後ろで様子を見ているだけで終わってしまったくらいである。これなら魔物の集団だって怖くはないだろう。スタンピードがおきる前に戦いにいっても良いかもしれない。

「ヴァイス様、捕らわれていた奴隷達はどうしましょうか？」

「食料と水を与えてやれ。あと希望する奴は故郷まで送ってやろう。そして、仕事が欲しいっていう奴には適性を見つつ斡旋《あっせん》する。幸い我が領地は発展途上だ。兵士や、商人、職人も募集しているからな」

「そうですね、では持ってきた食料を奴隷の方に配ってあげてください」

ロザリアの命令で兵士達が食料を奴隷達に渡すように指示しに行く。ここにいたのは十人くらいか……肉体労働用のガタイの良い青年から、そういう事目的なのか、女性の奴隷も多い。一部の人間を除いて、俺達に救われた事によりその瞳に安堵《あんど》の色がうつっている。

そして、俺はいまだ暗い顔をしている数人を見つめながらアステシアに訊《たず》ねる。彼女達はよほどひどい目にあったのだろうか、救われたというのに、どうでもよさそうにしている。それがなんとも心苦しい。

「アステシア……彼女達に心が落ち着くような薬を処方できるか？」

「ええ……もちろん。ただし、精神的なものだから、長期的な治療になるけど大丈夫？　お金だってかかるわよ」

「ああ、もちろんだ。救える命は救いたいからな。頼むよ」

即答するとアステシアはわずかに笑みを浮かべた気がする。

「ふーん、あなたのそういう優しいところ……好きよ」

「え？　なんだって？」

なにやらぼそぼそと言っていて聞こえなかったので、聞き返すと、アステシアはいつものように無表情に戻ってしまった。

「別に……女性にはお優しいって言ったのよ」

「誤解されるような事いうのやめてくれない？」

「うふふ、冗談よ」

そんな軽口を叩《たた》いて、奴隷達の様子を確認しにいったアステシアの動きが少女の前で止まる。

「みなさん怪我《けが》をしている方は教えてください。私が治療致します……え？」

「アステシア……なんでここに……？」

知り合いなのだろうか？　安堵の表情を浮かべていた少女とアステシアはお互い見つめ合い複雑な表情をしている。

「あなたが私を助けてくれたのね、あの時はあんなにひどい事を言ってごめんなさい……その……神父様や、キース、カタリナは元気？」

「ええ、大丈夫よ……マルタ……」

少女の名前を聞いて教会でさらわれたと言っていた少女がそんな名前だという事を思いだす。

そして、アステシアの表情が硬いのは……。

「アステシア、大丈夫だ。お前の呪いは解かれている。だから、今の彼女は本心から君に感謝しているんだよ。どうしても信じられなければ俺を信じろ」

「まったく……プリーストに安易に神様以外を信じろとか言わないの。でも、ありがとう……

マルタ、無事でよかったわ」

助けを求めてきたキースに襲われた事を思いだしていたアステシアを、安心させるように声をかける。すると、彼女は俺の言葉にわざとらしいため息をついてからマルタをまっすぐ見つめる。もう大丈夫そうだ。ここは彼女に任せよう。

奥の部屋へと入るとそこにはロザリアとカイゼルがなにやら深刻そうな表情で書類を見つめていた。

「なにかあったのか？」

「ヴァイス様……」

俺に気づいたロザリアとカイゼルは共に目を見合わせて、頷いた。いや、本当にどうしたんだよ……。

状況が読めない俺をよそにカイゼルは部下に対して命令を下す。

「人払いをしてくれ、しばらくは誰も通すな」

「ヴァイス様は、こちらを見てください」

兵士が去ったのを確認してから、神妙な顔をしてロザリアが渡してきた書類に目を通すと、どうやら奴隷売買に関する事が書いてあるようだ。

販売先は周辺の領地の貴族や商人の名前が色々とかいてあり、これを国に提出すれば、彼らの罰則は免れないだろう。だけど、責任者の名前で俺の目は止まる。ドワイト＝ハミルトンという名前だった……。

「親父《おやじ》が関与していたのかよ……」

「いえ、そうとも限らないんです。これは確かにわが家の印章なのですが、サインの癖が前領主様のものとは違います。それに日付が空白なため、偽造されたものかもしれません」

「バルバロめ……このような事をしていたとは……」

俺とロザリア、カイゼルは頭を抱える。ヴァイスが自暴自棄な時に好き勝手にやっていたのだろう。だが、どうすればいいのだろう。この紙を差し出せばハミルトン家もまた、疑いの目で見られるのは免れないだろう。しかも責任を追及されるのは今は亡き父である。あとはバルバロになんとか自白をさせるしかないのか……。

「ヴァイス様大変です!!」

「今は誰も入るなと言ったはずだぞ!!」

いきなり入ってきた兵士を叱責するカイゼルだが、兵士はそれでも言葉を続ける。

「申し訳ありません、ですが、どうしてもお伝えしなければならないのです!!」

彼の様子にただならぬものを感じ先を促す。

「かまわん、どうしたんだ?」

「はい、ヴァサーゴ様を筆頭とする周辺領地の貴族達が宣戦布告をしてきました!! 理由は……奴隷売買をするハミルトン家を許しては置けないとの事です」

「な……」

俺はその言葉に絶句するのだった。

あのあと、俺達は急いで屋敷へと戻り、ロザリアとカイゼルの三人で会議をしていた。

ヴァサーゴを筆頭とする周辺貴族との戦いはゲームでおきる。ヴァイスを打倒した主人公達の領地運営が安定すると、一気に宣戦布告してくるのである。

その時の理由は簡単だ。ゲーム本編ではヴァサーゴを筆頭とした周辺貴族達は既にハデス教の傀儡と化しており、主人公達がハデス教徒と敵対する宣言と同時に戦争が起きるのである。

本来だったら、まだまだ時間はあったはずだ。タイミング早すぎるだろ!!

「この状況で宣戦布告とはな……」

「いえ、このタイミングでよかったです。私達はこの書類の存在を知る事ができました。ハミルトン家の印章が押されたこの書類がある以上、私達が王都や周辺貴族に無実を訴えても、効果は薄いです。時間をかけて調査をすればヴァイス様の無実は証明できるでしょうが、ヴァサーゴがそれを許さないでしょう。バルバロが生きていればよかったのですが……」

「まさか俺達が留守にしている間に毒殺されているとはな……。あんなに厳重に警備をしていたはずなのに……」

帰宅した俺達を待っていたのはバルバロの訃報だった。

「申し訳ございません、警備をするものは選んでいたつもりだったのですが……」

「内通者がいたのかもしれません、仕方ないですよ。あなたのせいではありません。おそらく、私達が奴隷売買組織を倒しに行ったというのを聞いて、手を打ったのでしょう」

狼狽《ろうばい》しているカイゼルをロザリアが、冷静になだめてから、こちらを見つめる。

「それで……ヴァイス様どうしましょうか？」

俺の行動によって歴史が変わってきているな……もしかしたら、今後はゲームの知識が役に立たなくなるかもしれない。だけど、今の俺には優秀な仲間だっている。必ず乗り越えられるはずだ。

二人の視線から俺への信頼を感じ俺は思う。

「まずは状況の整理だ。それで……この書類は本物だと思うか、ロザリア」

「わからないというのが本音ですね……質が悪いのは、署名がヴァイス様ではなく先代様な所です。死人に口なしと言いますし、実際は先代様ではなくバルバロが領主の印を使用して偽造したのかもしれませんが、私達にはわかりません。そして、このタイミングで宣戦布告をしてきたという事は、この書類の写しを、ヴァサーゴが持っているものと思われます。私達が文句を言ってもこの書類を元に、自分達の正当性を主張するでしょうね」

「となると……周囲の付き合いの薄い領主や王都が積極的に擁護してくれる可能性は少ない

か……」

「はい……しかも、奴隷を売買した相手は領主や貴族ではなく、ヴァサーゴの領地の商人になっていますからね……きちんと調査をすればヴァサーゴやほかの貴族まで行きつくでしょうが、その時間がありません。だからこそ宣戦布告をしてきたのでしょう」

「今、俺達がヴァサーゴを断罪しても、戦争を吹っ掛けられたお返しとしか思われないだろうな……そして、これだけ用意周到に俺達を貶《おとし》めようとしているんだ……奴らは俺達を徹底的に潰す気なのだろうし、和平の道もないだろう」

「でしょうな……普通交渉をするならば妥協点を考えるものですが、賠償金の額といい、彼らは我らを滅ぼす事しか考えていないように見えます」

三人の中でどんどん話がまとまっていく。そして、俺は確信していた。今回の件はハデス教徒も関わっているだろう。ヴァサーゴの領地にハデス教徒の十二使徒がいて奴隷売買に力を貸していたのだ。完全に真っ黒だ。

「しかし、戦争か……」

一般的に貴族同士の争いがないわけではない。そう言った場合はお互いの正当性を主張して、周辺の貴族を味方につけるか、ここいらをまとめている大貴族に援助を頼むのだが、我がハミルトン領も、ヴァサーゴのインクレイ領も、両家ともブラッディ家の配下である。

幸いにも俺はラインハルトさんとは仲が良い。一方的にこちらにだけ協力をしてくれとは言いにくいが、戦争の仲裁くらいはやってくれるだろう。

とはいえ……万が一の事も考えておかないとな……。

「カイゼル、うちの戦力でインクレイ家に勝つ事は可能か？」

「おそらく戦い方次第です。兵士の質はこちらも負けてはいません。問題はインクレイ領の高名な三将軍と、他の貴族のサポートですね。あちらに周辺貴族がつくとなると数が違います。二倍くらいの兵力となるとかなり難しい戦いになるかと……」

「真っ向からではこちらが不利か……なんらかの策を考えないとな……」

この世界の戦争は現実とは違い戦略だけではなく、一人の英雄で戦況が変わる事はある。それこそ十二使徒や主人公の仲間などがその筆頭だ。

ゲームで目立ったのは、ブラッディ家に伝わりし魔剣を振り回し、全てを薙《な》ぎ払《はら》う『鮮血の悪役令嬢アイギス』やハデスとゼウスの両方の加護を使いこなし、デバフとバフを振りまく『冷酷なる偽聖女アステシア』、王級魔法を使いこなし、連発する事のできる『狂乱の魔導士ヴァイオレット』がそれにあたる。

ゲームと違い二人は仲間だが、彼女達がそのレベルに達すのはまだまだ先だし、あの力は悲しみを代償に得た力だ。俺は二人には幸せになってほしいと思う。

あと考えられるのは、王級魔法を使えたり神獣の契約者か……。

いや、俺じゃん。でも、俺が使える闇属性の王級魔法は単体の攻撃に特化しているんだよな……使える属性が火とか氷だったら話は変わったのだが……。

「大丈夫ですよ、ヴァイス様は一人ではありません。私達みんなで力を合わせて、考えましょう」

悩んでいる俺を元気づけるように、ロザリアが俺の手を握り微笑む。そうだ……俺は一人じゃないんだ。確かゲームの知識ではヴァサーゴの仲間には強力な部下は数人しかいなかったはず……ロザリアやカイゼル……そして、俺がいれば多少の不利は挽回《ばんかい》できるだろう。

そして……俺にはゲーム知識がある。ゲームで使われた戦略を使えば多少はうまくいくのではないだろうか？　そうして、俺は打てる手を打つべく事をやる。

「カイゼルは兵士の編成を、ロザリアは領民達に戦争が起きる事を告知してくれ!!　俺はインクレイ家に交渉の手紙と、ラインハルトさんに仲裁を頼んでみる」

インクレイ家へ無罪だという旨の訴えだ。もちろん、これに意味はないだろうが、とりあえずやっておいたという事が大事なのである。なんの反論も無ければ相手に意見を正しいと認めているようなものだからな。


翌日、二つの手紙が届いた。一つはインクレイ家からの手紙である。そこには「我々が正義であり、貴様らの奴隷売買によって、治安の悪化及び、王家に余計な不信感を待たせた事への賠償金及び、奴隷密売組織の解体、これがなされない場合戦争をさせていただく」と書いてある。

好き勝手言いやがって死ねよ。という感想しかない。それよりも問題はこっちだった。

「どうしました、ヴァイス様」

「ああ……ブラッディ家は今回の戦争は中立として見守るそうだ。両者の主張は真っ向から対立しており、どちらからに肩入れをするのは難しいということさ……」

俺の言葉にロザリアとカイゼルが息を飲むのがわかった。

ブラッディ家が中立を守る……その言葉は俺の計算を大きく狂わした。

「ヴァイス様……それはいったいどうしてでしょうか？」

「ああ、ご丁寧にインクレイ家の方から、俺達が見つけた奴隷売買の書類の写しが送られてきたそうだ。その上、他の貴族や大貴族様も今回の件は静観しろとブラッディ家に手紙を送っているらしく身動きとれないらしい……」

「先手をうたれましたね……それにしても、準備が良すぎます……まるで事前に計画をしていたかのようです」

「くっ!!　ラインハルトさんが敵にまわらなかっただけでもマシという事か!!」

ロザリアと、カイゼルが険しい顔で俺が見せたブラッディ家からの手紙を見つめる。確かにこういう風に同じ派閥の貴族同士が争っている場合はどちらかが明確に悪いと証明できない限り片方に肩入れするのは難しい。そして、俺とラインハルトさんが懇意にしているというのは周知の事実である。だからこそ手を打ってきやがったのだろう。

おそらく、ラインハルトさんに、警告をしてきた大貴族とやらもヴァサーゴとグルだろう。

そして下手したらハデス教徒の一員かもしれない。なんでこんなに俺達が睨まれているんだよと思ったが、ハデスを倒し、ハデス教徒の十二使徒をぶっ倒したのだ。警戒をされても無理はないかもしれない。むしろ俺だったら真っ先に潰すわ。

まあ、あいつらがどこまで俺の行動を把握しているかはわからないが……。

「カイゼル!! インクレイ領とその周囲の奇襲を警戒して兵を配置しておいてくれ。ロザリアは周囲の詳細な地図とその場の地理に詳しい人間の手配を頼む。あとは……ナイアルにポーションを仕入れたいという旨の手紙、アイギスに気にするなという旨の手紙を書くから送っておいてくれ」

俺は開戦に向けて準備をするために二人に指示をする。もちろんインクレイ家に賠償金なんて払うつもりはない。あちらの提案を拒否した事によって、相手は近いうちに力によって訴えてくるだろう。だが、軍を動かすのだ。事前にある程度ならば動きはわかる。

それまでに戦いに勝つための準備をしておかなければ……俺達は数では劣っていても、攻撃範囲は狭いが王級の魔法を使える俺と、強力な魔法に優れた槍の使い手であるロザリアという一騎当千の人間がいるのだ。戦略さえあれば十分戦えるはずである。

数日後、俺は戦場になるであろうハミルトン領とヴァサーゴの領土の境になる場所へと馬車を走らせていた。馬車の中で地図を読んでいると酔いそうになるがそんな事を言っている場合ではない。もちろん、前世で戦争した経験なんてないが、俺にはゲームで培った知識と経験がある。そして……やりこみまくっていた俺はゲームで主人公や敵が実際使った戦略だって頭に入っているのだ。

あとは現地に行って、ゲームと実際の地形の差異と俺達の戦力で可能な戦略を練ればいいのである。考え事をしていると、笑顔を噛《か》み殺《ころ》しながら膝の上で眠っているホワイトを撫《な》でていたアステシアから粉末状の薬を渡される。

「酔い止めよ。飲みなさいな」

「ああ、ありがとう……苦いな……だけど、アステシアは、館にいてくれてよかったんだぞ。ここは戦場になるんだ」

「なにを言っているのよ。専属プリーストの私があなたのそばにいないでどこにいるっていうの。安心しなさい。死なない限り治してあげるわ」

俺の言葉に心外とばかりに彼女は無表情に言った。俺的にはようやくハデスの呪いから解放された彼女には、自由を満喫して欲しかったんだけどな……。

「アステシアさん、ご安心を……私がいる限りヴァイス様には敵に指一本触れさせませんよ」

「それは心強いわね。あなたの事ももちろん癒《いや》すから、二人で彼を守るわよ」

御者席で馬車を操っているロザリアの言葉にアステシアが大きく頷《うなず》いた。まるで俺がヒロインみたいである。しかし、推しに守られるというのは嬉しいな……。

一応領地の境目には我が領土の兵士達が見回りしているが、この場にいるのはロザリアとアステシアだけだ。ちょっとした調査をするだけなので敵に動きを察知されないように少人数で動いているのである。

「これ以上は馬車では難しそうですね……」

「わかった。十分だよ。馬車はいったんここにとめておこう。起きろ、ホワイト!!」

「きゅーーーー!!」

「ああ……温《ぬく》もりが……」

俺の言葉と共にホワイトが肩に飛び乗り、アステシアが寂しそうに声を上げる。さっきまで膝の上でモフモフしていたんだからいいだろ!! てか、ホワイトの奴、俺の推しといちゃつきやがって羨ましいなおい。

「皆さん、魔物や獣がいるかもしれないので気を付けてくださいね」

冒険者としての経験があるロザリアを先頭に俺達は目的地へと向かう。彼女は獣道だというのにまるで平地と変わらぬように歩いていく。

「きつかったら言えよ」

「ありがとう。でも、大丈夫よ、プリーストは色んな所に布教に行くからこういうのも慣れてるの。私は足手まといにはならないわ。それに……こんな事もできるのよ。神よ、我らの旅路に祝福を!!」

俺がアステシアを心配して声をかけると彼女は少し得意げな顔して呪文を唱える。すると、俺達の足が光って体が軽くなった。

うおおおお、すげえ、素早さアップの魔法って実際受けるとこうなるのか!!

「つきましたよ、ヴァイス様」

彼女の言葉と共に川のせせらぎの音が聞こえてくる。ロザリアの案内と、アステシアの魔法によって想定よりも早く着く事ができた。

「ここでなにをしようっていうの? まさか、水浴びをしているところをまた覗《のぞ》こうと……」

「戦争前にそんな事を考えている奴がいたらあほだろ!!」

「また……ですか……?」

アステシアの言葉に突っ込むと、ロザリアが怪訝な顔をしており、その瞳はなぜかハイライトが消えている。

待って、ちょっとこわいですよ、ロザリアさん……てか、そもそも覗いた事ないんだけど……一瞬迷ったけどな。

川に手を突っ込むとそこそこ深い。これならばゲームと同じ作戦を使うのにちょうどいいだろう。

「この川は敵が進軍するであろうルートの上流なんだよ。だから、ここをせき止めておけばどうなると思う？」

「ああ、なるほど、水攻めってやつね。溺死は辛いらしいけど……私達の敵ですもの。無様に死んで神様も喜ぶでしょう」

いや、喜ばねーだろ……ゼウス神がどんな性格かはわからないがそれで喜ぶとか猟奇的すぎる……そして、納得したアステシアとは別にロザリアは難しい顔をしている。

「確かに水攻めは定石の一つですが……この川の規模では狭いですし、一気に全滅とはいかないと思いますよ」

「ああ、そうだ……だけど、分断はできるだろう」

「はい……ただ、せき止めるにも時間が……ヴァイス様、まさか……」

さすがは元冒険者といったところか俺の作戦に気づいたロザリアが大きく目を見開いた。

「それでは私があなたを守れなくなってしまいます」

「そうだな、だけど、これはロザリアにしかできない事なんだよ……俺だって無茶はしない。仲間だっているんだ……それとも俺はまだ頼りないか？」

「そんな言い方ずるいですよ……ヴァイス様が頑張っている事は知っています。ですが……」

俺の作戦の意図がわかったのか、ロザリアが渋い顔をする。だけど、なんとか納得してもらわないといけないのだ。

「言い争っている時間はないみたいよ。開戦の合図だわ」

アステシアが指さす方向を見ると狼煙《のろし》が上がっている。敵が進軍してきたという事だろう。もう話し合っている時間はない。

俺は自分の指から魔力アップの指輪を外してロザリアに渡す。

「ロザリア……これを受け取ってくれ。今回の作戦で君の助けになるはずだ。そして、俺は必ずこれを返して貰《もら》いに行くと誓おう」

「……わかりました。絶対ですからね。アステシアさん……ヴァイス様をお願い致します。そして……これは私が世界一大切な人からいただいたとっても大事なものなのです。ヴァイス様に預けるので返しに来てくださいね」

「ええ……わかったわ」

「ああ、もちろんだ。絶対返すよ」

お返しとばかりにロザリアが、俺が昔あげた指輪をにぎらせてくる。シリアスな雰囲気の俺とロザリアとは別に、俺の作戦がどんなものかわかっていないアステシアもキョトンとした顔をしながら頷いた。

いよいよ、戦争だ。流石に緊張するな……。

★★

「お父様のバカ!! なんでヴァイスを助けに行かないのよ、私達の家族を救ってくれたのは彼なのよ。ヴァイスが奴隷売買なんて許すはずないってわかっているでしょう!!」

少女の叫び声がブラッディ家領主の部屋に響く。領主であるラインハルトは自分の愛娘《まなむすめ》の怒りに満ちた視線に大きくため息をついた。

「わかっているさ……私だって悔しいんだ。だけど、色々としがらみがあって彼を助ける事ができないんだよ」

自分と同等の大貴族から、ヴァイスの父が奴隷に関与していた証拠と共に今回の件には手を出すなという内容の手紙が届けられたのだ。ヴァサーゴがどうやって他派閥の大貴族とコネをつくったかはわからない。だが、こうも釘《くぎ》をさされてしまっては大々的には援助する事もできない。弟子であるダークネスに奴隷売買について調査を依頼したが、今回の戦争が終わるまでには結果は出ないだろう。

「ふんだ、お父様なんて嫌いよ!! 最近加齢臭だってすごいんだから。もう抱き着かないでね!!」

「くはぁ!?」

ついに言われてしまった……長女にも思春期の時に言われ三日ほど寝込んだ「お父さん嫌いよ」である。まだまだ幼く、末っ子であるがゆえに人一倍可愛がっていたアイギスにまで言われるとは……。

鬱だ、死のう……幸いにも長男は王都で立派に業務を果たしている。あいつならば私のあとを継いでくれるだろう……いっそ全てを捨てて冒険者として生きていくのも悪くないかもしれない。

「アイギス……それは本気で言っているのですか？」

現実逃避をしていると、一瞬にして空気が張りつめた。妻のマリアベルの言葉にこれまで騒いでいたアイギスもびくっとする。

「あなたはブラッディ家の娘なのですよ、あなたの一言で我がブラッディ家の領民や兵士……そして、派閥の貴族も危険におかされるかもしれないのです。それをわかって言っているのですか？」

「お母さま……でも……」

「でも……ではありません、あなたもブラッディ家の人間なのです。自覚を持ちなさい。あなたは領民や仲間のおかげで食べるものにも困らず、なに不自由なく暮らしているのですよ」

マリアベルの言葉にアイギスが押し黙る。流石は我が家庭内のヒエラルキートップである。

これで娘も大人しくなるだろう。とはいえ、ラインハルトもこのまま世話になったヴァイスを放っておくつもりはない。

　こっそりと変装して、戦力の三分の一くらい削っておいてあげようかと悩んでいた時だった。アイギスが顔を上げて、マリアベルをきっと睨みつける。

「だからと言って恩人を……友人を見捨てるなんてできないわ!!　これが戦場の英雄といわれたブラッディ家の在り方だって言うなら、私は名前を捨てでも彼を救いに行く。保身のために恩人を見捨てる家名なんて、恥ずかしくて名乗れないもの!!」

「アイギス……家を出ると……本気で言っているのですね？」

　二人の間にバチバチと火花が散っている錯覚が見える。ラインハルトは冷や汗をかきながら、二人を仲裁しようとしたが、口を開こうとした時、マリアベルがこちらに向けてウインクをしているのに気づく。

　いくつになっても我が妻は可愛いな……。

「よく言いました。あなたは大切なものを見つけたのですね……」

「……お母さま？」

　先ほどまでの殺気が嘘のように優しい笑みを浮かべたマリアにアイギスが怪訝な顔をする。

「ブラッディ家としては、やはり援軍を送る事はできません。でも……そうですね……もしも、あなたが貴族としてではなく、大切な友人が心配で見に行くというのならば止める事はできません。そして、娘が大好きな私としては、精鋭の兵士を送ってどこかに行ったあなたを探させるでしょうね。その時に……たまたま私の可愛い娘を襲う人間がいたら、兵士達がそいつらからあなたを守ろうと思うのは自然な事でしょう？」

「おい、マリアベル!?」

詭弁《きべん》にもほどがあると、思わずラインハルトが口をはさむが、即座ににらみつけられて押し黙る。

「あなたは黙っててください。今、アイギスが大人になろうとしている時なのですよ」

「うう……」

マリアベルはラインハルトから視線をずらし、アイギスをまっすぐ見つめる。

「アイギス……あなたもブラッディ家ならば守りたいものは武力と……少しの知力で守りなさい。せっかくです、一振りの魔剣を貸しましょう。大事な友人に見せに行ってきなさい」

「だが、それでは……」

マリアベルの言葉にラインハルトは再び口をはさむ。だって、娘が戦場に行くとなると命の危険があるのだ。無理もないだろう。

「しがらみよりも大事なものがあるのです。私の命を救ってくれて、娘の笑顔を取り戻してくれた。そんな恩人のピンチを放置なんて絶対してはいけません。アイギス……迷った時はわが家の家訓を思い出しなさい。なんかごちゃごちゃしそうになったらどうするかはわかってますね？」

「わかったわ。お母さま!!　武力ね、武力はすべてを解決するわ!!」

そういって手を叩いて嬉しそうに声を上げる二人を見てラインハルトは疎外感に襲われた。

アイギスは母と口論するほど成長し、妻もいつの間にか予想以上に脳筋になったようだ。


両親と話し合ったあとに、アイギスは自室で準備をしていた。

「ヴァイスを助けるために戦うか……悪くはないわね」

アイギスがさっそく母から借りた魔剣を手にして微笑んでいると、窓の方から気配を感じた。

「不審者だったらさっそく魔剣の切れ味を確かめさせてもらいましょう」

母からもらった魔剣を握りしめて、アイギスは窓の方へと身を寄せる。

コンコン。

窓を叩く音が響く音に反応して、アイギスはさっと窓をあけて、いつでも斬りかかれるように構える。

そこには触手のようなキモい草を吸盤の様にして壁につかまっている上に、仮面舞踏会でつけるような仮面を身に着けている人影がいた。

「不審者ね、潰しましょう」

そのまま剣で斬り捨てようとすると、不審者が情けない悲鳴を上げる。

「待った待った、僕だよ、ナイアルだよぉ!?」

「よし、不審者ね、殺しましょう」

「なんで僕だってわかってても剣を振りかぶるのさ!!」

「だって、不審者じゃないの!!」

アイギスの剣を避けるようにして、叫びながら彼は部屋へと入り込んだ。

手加減をしたとはいえ自分の攻撃を避けるとはこいつ結構やるわね……なにを考えているのかわからないから本当に胡散臭《うさんくさ》いわ。

感情の読めないナイアルにアイギスは相変わらず警戒心バリバリである。

「僕の扱いがひどすぎないかなぁ……せっかくヴァイスを助ける方法を教えに来たっていうのにさ」

「ヴァイスを助ける……？　それならお母さまから作戦を考えてもらったから大丈夫よ!!」

「あれ？　予想と違ったな……まさか、歴史と違った生存者が現れた事によって、行動パターンに変化がおきたのかな？」

アイギスの言葉になにやらぶつぶつと言っていたナイアルだったが、彼は気を取りなおしたように、アイギスに提案をする。

「まあ、いいや。ヴァイスを助けに行くんでしょ。だったら僕も交ぜてよ。親友殿の力になりたいんだ」

「……まあ、別にいいけど」

「じゃあ、どうするつもりだったか教えてほしいな、僕も作戦を考えてきたんだ。お互いの知恵をあわせたほうが良いと思うよ」

「わかったわ。あんたの作戦も教えなさい。二人で助けるわよ」

確かに、こいつはヴァイスと仲良しだし、不利になるような事はしていないのよね……アイギスは心の読めないナイアルの事を胡散臭いと思いながらも同行を了承したのだった。

★★

狼煙が上がるのを見た俺は、馬車を引いていた馬を一頭借りて、急いでカイゼル達が陣を構えている場所まで戻る。かなり荒々しくなってしまったので、後ろで俺の背中にしがみついているアステシアが「きゅあ」とか可愛らしい悲鳴をあげていたり、ホワイトが「きゅーきゅー」と鳴いていたが気にする余裕はなかった。

胸を押し付けられているから、不可抗力で……本当に不可抗力で当たってしまうかも……などと思っていたがなんの感触もなかった。俺は鎧を着ているのだから当たり前である。守備力高いね（涙）。

まあ、元々、推しのおっぱい、略して推っぱいを楽しめるかな？　なんて不謹慎な事は思ってないけどな!!

「うう……怖かった……」

「きゅー……」

「飛ばしたからな、ゆっくり休んでいてくれ」

すっかり疲れ切っている二人に声をかけて俺は本陣の方へと向かう。いくつかの天幕が張られており、その中で一番立派なものの中に入ると、そこではカイゼルが数人の兵士達に指示を飛ばしていた。

俺が入ってきた事に気づくと彼は敬礼をする。

「ヴァイス様、お待ちしておりました」

「今戻った。氷魔法を使える連中数人をロザリアのいる場所へ向かわせてくれ。場所はここに書いてある!! それで、現状はどうだ？」

カイゼルに指示を出しつつ俺は、彼から現状のかかれた書類をもらって目を通す。やはり相手の進行予想ルートはゲームと同じである。戦争のタイミングこそ大幅にずれたが、リーダーは同じだからな。そこまで変わらないのだろう。

「偵察の者からの情報によると相手の兵士の数は大体千人前後ですね。インクレイ領の兵士が多数ですが、他の地方貴族の私兵も交じっています……おそらくヴァサーゴに便乗して我々から賠償金を奪うつもりでしょう」

「もしくは……そいつらも同様に奴隷売買にかかわっているかだな……」

奴隷売買リストに名前があったのはヴァサーゴの領地だけではない。何人かの貴族はヴァサーゴと協力して、うちを潰して、全ての奴隷売買の罪を押し付けようという腹だろう。

「うちの兵はだいたい五百人前後だったな。ちょうど倍か……なかなかきついな……実際戦ったらどうなると思う？」

俺の言葉にカイゼルは険しい顔をして唸《うな》る。なんと答えようか悩んでいる彼に声をかける。

「素直に言ってくれていい。客観的な情報が聞きたい」

「真っ向勝負では難しいかもしれません。ほかの地方貴族はともかく、ヴァサーゴのところはブラッディ家ほどではありませんが武官の家系ですからね……彼らの中には有名な三将軍もいますし、苦戦は免れないでしょう」

「負けるとは言わないのか？　正直に言っていいんだぞ」

俺の言葉に、カイゼルはふっと笑った。その表情にはなにをばかなと書いてある。俺が怪訝な顔をしていると彼は自慢げに言った。

「武具も一新していただき兵士達も増やしてもらいました。その上、ヴァイス様のおかげでブラッディ家と訓練をする機会に恵まれたのです。それは……とても辛い訓練でしたが、我々の戦力、及び戦略のパターンは大幅に増加したと自負しています。おまけにアンジェラ殿が、ヴァイス様の力になるとおっしゃってなん人ものプリーストを連れて来て下さっています。そこまでお膳立てをしてもらって、たかが二倍程度の敵に負けるなどと言えるはずがないではないですか。変わったのはあなただけではないんです、ハミルトン領の兵士達も変わっているのですよ」

そう言い切るカイゼルの俺を見る目には、最初に会った時の不安はかけらもなかった。この目はロザリアが俺を見る目と同様に心から信じるものを見る目だ。

俺はただこれからおきるであろうハデス教徒達との戦いに備えていただけなのだ。彼にこんなに信用されるような事をしていたのだろうか？　少し不安になっていた時だった。伝令の兵士が入ってくる。

「ヴァイス様、魔法部隊がロザリア様の元へと向かいました。また、そろそろ敵が指定の地点に来ますのでご準備を!!」

「ああ、ありがとう、ちょっと聞きたいんだが、魔法部隊は俺の命令を不服そうに思っていなかったか？　こいつなにをいきなり言ってるんだみたいな？」

俺の作戦はゲーム知識ありきだ。彼らからすれば不可解な作戦だっただろうと思ったのだが……伝令はきょとんとした顔をして返事をする。

「いえ、そんな事はないですよ。皆さん、ヴァイス様が突拍子もない事をするのには慣れてますから。そして私達ではわからないけれど、必ず意味がある事も……」

伝令は苦笑しながらも、どこか誇らしげに言葉を続ける。

「急にブラッディ家の令嬢とデートに行ったと思いきや、神霊の泉を見つけてきた上に訓練の約束を取り付けてくださいましたし、ふらっとメイドと旅に行ったと思いきや、優秀なプリーストを仲間にした上に我が領土の奴隷売買組織に関する情報を持ってきてくださって治安の向上に役立たせてましたからね。むしろ、今度はなにをするんだろうってみんなわくわくしてましたよ」

「そこまで期待されるような事はしてないぞ」

「そんな事はありません。これらの突飛な行動はアイギス様やアステシアを救うためのものだったのでしょう？　合同訓練の時にラインハルト様が、兵士達の治療に来ていた時にアンジェラ殿が、ヴァイス様をとてもほめておりましたよ。あなたは人のために頑張れる方だと……ですから、今回の指示も勝利するための布石なのでしょう。あなたは自分で思うよりもずっと、みんなに信頼されているのですよ」

伝令の言葉をカイゼルが引き継ぐ。俺は破滅フラグを避けるためとはいえ領主としてどうなんだよと思う行動ばかりしていたつもりだったのだが、ちゃんと皆は評価をしていてくれたらしい。

その事に俺は胸が熱くなるのを感じる。民衆の忠誠度はまだまだ低いけど直接かかわる事の多い兵士達は俺の事を信頼してくれてきているのか……。

「そうか……この戦いに勝ったらみんな祝杯でも上げよう。絶対に勝つぞ」

「「はい!!」」

そうして、戦いの火ぶたは落とされた。ありがたい事に兵達の士気は高い。多少の数の差ならなんとかなるだろう。あとはハデス教徒がどれだけいるかが戦況を左右するだろう。

★★

「なんで俺が同志でもない、地方貴族の下で戦わなきゃいけないんだ……ああ、家でペットをモフモフしたい……」

スタークは周りに同じハデス教徒しかいない事を確認してからぼやく。自分の加護はかつて救ってくださったハデス様のための力になるために、得たものだ。だからハデス様のためだけに働きたいというのに……。

戦場には貴族の兵士達に紛れて、見知った顔がなん人かいる。動員されたのが自分だけでないのが救いだろう。

「そうぼやくな。ここの領主は利用価値があるし、相手は最近力をつけてきたヴァイスとかいう領主なのだろう？　奴は、我々を邪教などとほざき、ブラッディ家と共に迫害したからな。なんとしても滅ぼしたいのだろうよ。ほら、クッキーを焼いたんだ。甘いもの好きだったろ？これでも食って気分転換をしろ」

苦笑しながら手作りのクッキーを渡してくれたのは、ガタイの大きいスキンヘッドの男である。彼の名前はザイン。加護による強化された怪力で大剣を操るハデス教徒の幹部の一人で『虐殺者』と呼ばれている。

もらったクッキーを齧《かじ》ると、口の中で甘みが広がりストレスが少し和らいだ気がする。外見に似合わない趣味だが、彼のお菓子は子供達にも評判が良く、よくせびられて作っているだけはある。

「とは言ってもやる気がおきませんぜ……だって人数もこちらの方が多いんですし、俺やザイン様のような加護持ちもいるんでしょう？　ただの兵士達なんて相手になりませんよ」

「お前なぁ……ハデス様は俺達をいつでも見てらっしゃるんだ。なまけたら天罰が下るぞ。それに、十二使徒の一人が死んだんだ。今回活躍すれば俺達が昇進するチャンスだってあるかもしれない」

やる気のないスタークにザインが言い聞かせる。そして、少し離れたところでなにかを咀《そ》嚼《しゃく》している彼のペットを見てにやりと笑う。

「それに……お前は特別な任務を命じられているのだろう？」

「まあ、俺の加護は貴重ですからね。でも特別な任務を受けているのは俺だけというわけではないですし、この任務も保険ですよ。戦争に勝ちさえすれば関係ありやせん。それに、ザイン様が雑魚共を虐殺してくれるんでしょう？」

ザインの言葉にスタークはにやりと笑う。今回の仕事に関してはあまりやる気はないが、頼られているというのは嬉しいものだ。ついでに給料が上がったらもっと嬉しいし、ハデス教徒内での立場も上がったらもっと嬉しい。

「キャンキャン!!」

「おい、ご主人様が呼んでるぞ。くだらない事言ってないで働くんだ。あれの始末もできてるか確認しとけよ」

「いやいや、俺が主人ですって……やっと、ご飯の時間が終わったみたいだな。食べ残したら処理がめんどくさいからなぁ……骨まで喰《く》ってくれているといいんですけどねぇ……」

ザインの軽口に返事をしながら天幕の外へと行くと、狼《おおかみ》のような動物が待っていた。魔狼という通常の狼よりも二倍ほど巨大で、鋭い牙を持った魔物である。

普段は群れで行動し、旅人を襲う恐ろしい魔物なのだが、それが嘘のようにこっちに向かって尻尾をふってやってきた。

「おー、よしよし、美味《うま》かったか？　ちゃんと骨も喰ったな」

「くぅーん」

スタークが撫でると魔狼は嬉しそうに鳴いて、じゃれついてくる。本来だったら魔狼が人に懐く事はない。それを可能にしているのはスタークがハデス神からもらった加護『テイム』である。

スタークは魔狼が満足するまで撫で続けてやり、先ほどまで喰っていたものの残骸を見る。そこには鉄の匂いと共に、餌が着ていた服の残骸が残っている。ぱっと見上質な布だが、興味本位に自分達にちょっかいをかけてきたのだ。こうなってもしょうがないだろう。

「あー、でも、こいつなんか偉そうだったなぁ……バレたら言い訳めんどくさいなぁ……」

こいつは、スターク達がお祈りをしていると「戦いの準備はまだか」などと偉そうに注意をしてきて、イラっとしてたら魔狼が空気を読んで、物理的に黙らせてくれたのである。

正直ハデス様の素晴らしさがわからない異教徒の価値なんて、紙屑《かみくず》と同じなのでどうでもいいが、こいつらと一緒に行動している以上、ばれたら面倒な事になるのだろう。

「くぅーーん」

「ああ、別にお前が悪いわけじゃないんだ、へこまないでくれ」

スタークの感情を読んで申し訳なさそうな魔狼を慌てて慰める。彼はあくまで後方支援と、非常時の任務のためにいるので戦場には出ないのだが、それもあって魔狼はストレスがたまっているのだろう。

ザイン様に活《い》きのいい餌を持ってきてもらおう。できれば女か子供がいいなぁ……こいつの好物なんだよな……そう思いながらスタークは魔狼を撫でるのだった。

そう、ヴァサーゴの部隊にはなん人ものハデス教徒がすでに紛れているのだ。強力な加護を持つ彼らが戦況にどう影響するか……それはまだ誰にもわからない。

★★

「ヴァイス様、敵影が見えました!! やはりかなりの数ですな」

「うわー、こうしてみると圧巻だなぁ……」

「きゅーきゅー!!」

川の向かい側から、砂埃《すなぼこり》が舞っているのが見えて、なん百人の歩兵や騎兵がこちらに向かってくるのが分かる。先遣隊だというのにこちらの総力と同じ五百人くらいの数だろう。

今ここで相手を迎え撃つために待機しているこちらの兵は二百五十人か……別動隊に、斥候、拠点を守る兵士などもいるからな。流石に全員をここに投入する事はできなかったのだ。それにしても単純に二倍か……。

「大丈夫なの……? 私にできる事ならなんでも言いなさい。とりあえずできるだけの加護はかけておくわね……ってなんで楽しそうに笑ってるのよ」

「ああ、悪い悪い……あまりにも予想通りだったからさ」

怪訝な顔をしているアステシアに俺は得意げに答える。兵士の練度はこちらが上でも数が違いすぎる。真っ向から戦ったらおそらく苦戦するだろう。

だけど、俺はこの戦いをゲームで何度も体験している。時期は違ったが戦力や戦い方はあまり変わらないようだ。あとはイレギュラーな要素と言えばハデス教徒がどれくらい出ているかである。

「アステシア……あいつらが出てきたら頼むぞ」

「任せなさい。私にくだらない呪いをくれた事を死ぬほど後悔させてあげるわ」

悪役顔負けの笑顔を浮かべるアステシアを見て、これなら問題はないなと確信する。そして、俺は兵士達に向けて大声で声をかける。

「諸君!! 今回ヴァサーゴ達は我々に奴隷売買の濡《ぬ》れ衣《ぎぬ》を着せて、戦争を仕掛けてきた。こんな事が許されていいものか？ いや、いいはずがない!! こんな汚い連中に我らハミルトン領が踏み荒らされれば、皆の家族が、どうなるかは想像に難くはないだろう。だが、安心してほしい。ゼウス神は我々を見てくださっている!! この不利な状況を奇跡によって覆して見せよう!!」

「皆の者、我々が辛い訓練をしてきたのはなんのためか!! 我々は民とヴァイス様を守るために剣を取っているのだ!! 今ここで、ハミルトン家の力を見せてやろう!!」

俺の言葉にカイゼルが続き兵士達の気迫が高まって来るのを感じる。

「そうだ、カイゼルの言うとおりである。皆の者、我らがハミルトン家の力をみせてやろう!! 今回敵将を捕えた者には褒賞をやる。さあ、神よ、我らの兵士に奇跡を!!」

「「神よ、祝福を与えたまえ」」

「「「「「うおおおおおお！！！！！」」」」」

アンジェラが連れてきてくれたプリースト達によるバフと俺とカイゼルの演説によって、士気の上がった兵士達が雄たけびを上げる。

兵士達のやる気は十分なようだ。それを確認した俺はアステシアに声をかける。

「じゃあ、行ってくるよ、アステシア」

「ええ……その絶対帰ってきてね。死なない限りは癒してあげるから。カイゼル……ヴァイスを守ってね」

「もちろんです。ヴァイス様がいらっしゃってこそのハミルトン家ですから!!」

「きゅきゅーー」

心配そうな顔をしているアステシアにカイゼルが胸を張って答える。俺はそれを嬉しく思いながら、初めての戦争だというのに全然怖がっていない自分に少し驚く。

これもヴァイスの力だろうか……彼が俺の心の中にいて、俺を信じて待機してくれているロザリアと、心配そうに見つめてくれているアステシアに、俺を守ろうと気合を入れているカイゼル、首元で俺を守るようにしがみついているホワイトがいると思えば不思議な安心と、なんとかなるという勇気が湧き出てくる。

それに……俺がヴァイスになってからやってきた兵力の強化という努力の成果が見られるのだ。興奮しないはずがないだろう。

「いくぞぉぉぉぉ!!」

「おおーー!!」

俺の号令と共に歩兵や騎兵が駆け出す。そんな中俺はあえて先頭で馬を走らせる。そして、相手に声が聞こえるギリギリの距離で馬を止めて大声で叫ぶ!!

「我が名はヴァイス＝ハミルトンである!! 卑劣な侵略者達よ、我を討ち取れるものならば討ち取ってみるがいい!!」

挑発するような声に相手の兵士が一瞬困惑して、そして、一部の兵士達がこちらへ向かって駆け出してきた。

「ヴァイス様、あとはお戻りください。ここは私が……」

「そうはいかないぞ。相手は俺という餌によって、陣形を崩してくれたからな。そして……ここからが本番だ」

俺は飛んでくる矢を剣ではじきながら心配そうにしているカイゼルに首を横に振る。貴族同士の戦争はたいてい領主がどうなるかで決着がつく。今回の場合は俺が死ぬなり、捕えられればゲームオーバーだ。だからこそ……俺をどうにかしたものには相当な褒賞が与えられるだろう。

現に功を焦ってなん人もの兵士達がやってきやがった。そして、俺は半数ほどの敵兵が川を渡ったのを確認すると剣をかかげ、魔力で生み出した闇を天に放つ。

「漆黒よ、我が敵を闇にいざなえ!!」

禍々《まがまが》しい闇が線となって空に放たれるとそのまま霧のようにあたりに広がり太陽の光が遮断される。本来は煙幕のような中級魔法だ。空に放ってもなんの意味もないのだが、今回はそれでいい。

ゴォォォォゴゴ!!

それから少し遅れてすさまじい振動音があたりに響いて、敵の顔が、上流から怒涛《どとう》の如《ごと》く流れてくる水によって驚愕《きょうがく》と絶望に染まる。

ロザリア達が氷魔法で凍《い》てつかせて、押しとどめていた川の水を解放したのだ。魔法で作られた氷は水に戻り、せき止められていた氷交じりの水が降り注ぐ。

「うわぁぁぁぁぁ!?」

慌てて川をわたろうとする敵兵だったがその大半はそれが叶う事は無かった。鉄砲水に驚いて暴れた馬に振り落とされる騎兵や、混乱のあまり身動きが取れない歩兵達が戦う事もなく散っていく。

「いまだ、相手は分断されたぞぉぉぉぉ!!」

俺の言葉と共にわが軍の兵士達が再び突撃をする。しょせん鉄砲水は一時的なものに過ぎない。相手が混乱している間に、一気に攻め込んで優勢にして見せる。

士気も高く、ラインハルトさんに訓練をされた兵士達は有利に戦いを進めていく。だけど、ヴァサーゴの兵士も流石である。かなりの数はへらしたもののそう簡単には攻めきれないようだ。しかも、ハデス教徒らしき奴らも厄介な加護を使ってきやがる。使い魔に翻弄されて苦戦している兵士達も多い。

まずいな……水が収まれば増援が来てしまう……少しでも早く、ここいらの数を減らしておきたいというのに……。

俺が内心焦っている時だった。わが軍の兵士達がまとめて数人吹き飛ばされていく。

「ふははははは、しょせんは、ハミルトン家の雑魚共だなぁ。卑怯《ひきょう》な手を使ってこの程度か!!」

「あいつは……」

「三将軍の一人スラッシュです。凄《すさ》まじい怪力と剣の使い手ですが、これほどとは……」

どうやら奇襲によって陣形が乱された事によって敵のリーダーが誘い出されたようだ。これはチャンスかもしれない。

「あいつが三将軍か……どれくらいの強さだと思う?」

「おそらく……ロザリアとおなじくらいかと……」

ゲームには登場しなかったが、カイゼルの言う通り、かなりの使い手なのだろう。わが軍の兵士がどんどん倒されていく。数で攻めればなんとかなるだろうが……数で劣っている俺達だ。そんな事も言ってられない。そして、敵兵の士気が上がっていくのが見える。だからこそちょうどいい。

こいつを討ち取れば俺達の勝利は近づくだろう。

「貴様が敵将だな。スラッシュとやらよ、勝負しろ!!」

「ほおーー。その顔知っているぞ……領主が俺に一騎打ちとはなぁ!!　その心意気は買った。お前ら手を出すなよ」

「ヴァイス様、危険です!!」

スラッシュの言葉に敵兵達が道を開ける。カイゼルには申し訳ないが、ここで俺がこいつを倒せば兵士達の士気はさらに上がる。この戦いで戦況が決まるのだ。

「心配するなよ、俺はヴァイス＝ハミルトンだぜ」

「それは知っていますが……」

そう、俺はヴァイスなのだ。しかも、ゲームとは違い、ちゃんと鍛錬したヴァイスなのだ。ロザリアに魔法を習い、カイゼルやラインハルトさんに剣を習った。正当に成長した推しなのだ。

だったら負けるはずがないだろう?

「我が名はスラッシュ＝ザッパー!!　ヴァサーゴ様が配下の三将軍の一人『剛力』のスラッシュだ。貴様の命はもらい受ける!!」

「ご丁寧に自己紹介ありがとうよ」

「貴様を屠《ほふ》る相手の名前を知らずにあの世に行くのはかわいそうだからな!!」

「ならば俺も名乗らなくてはな。我が名はヴァイス＝ハミルトン。ハミルトン領の領主にして、貴様を倒す人間だ」

俺とスラッシュは言葉を応酬しながらにらみ合う。ゲームには登場しなかったため戦った事はないが『剛力』という通り名的に魔法とかには弱そうだよな……ならば俺に勝算はありまくるぜ!!

俺は馬に乗ってスラッシュに向かっていき、そのままの勢いで飛び降りて、スラッシュに斬りかかると同時に魔法を放つ。

「影の腕よ、我に従え!!」

「魔法なんざ使ってんじゃねぇぇぇぇぇぇぇ!!」

俺の斬撃と、影の手によるコンビネーションだったが、スラッシュの剣がまずは影の手を切り裂き、返す刃で俺の剣をはじく事であっさりと潰された。

「くはっ」

なんらかのスキルを持っているのだろう。すさまじい力にそのまま俺は吹き飛ばされる。確かにスラッシュは強い……だけど……ハデスやエミレーリオほどじゃない。

それに……これまでの特訓の成果か、奴の剣の動きは見えた。

「ふはははは、魔法なんぞに頼ってるからこうなるのだ。やはり男は筋肉よ!!」

「それは違うな……魔法こそが……ヴァイスの力なんだよ!!」

こちらにアピールするかのように力こぶを作るスラッシュ。

そうだ……魔法はヴァイスがフィリスという天才と比べられても努力をし続けて手に入れた力なのだ。これを馬鹿にする事は誰にも許されない。そして、俺は許すつもりはない。

にやにやとした笑みを浮かべたスラッシュが俺を見下すような表情でこちらへと向かってきた。そんな奴に俺は再び斬りかかる。

「影の暴君よ、その腕を我に貸し与えん!!」

「え?」

影の獣の腕が俺の手の上から剣を握り、先ほどが俺の全力だろうと油断したスラッシュの想像以上の速さで振るわれる。上級魔法は伊達《だて》ではない。人間が振るえる限界を超えた一撃が彼を襲う。

そして、そのまま油断をしていたスラッシュは間の抜けた声を上げて、そのまま首を切られて絶命する。

「敵将をうちとったぞぉぉぉ!!」

「うおおおお」

その一言で俺達の周りの士気があがった。スラッシュか……確かにこいつは強敵だった。ロザリアと同じくらいの力を持つというカイゼルの評価も間違いではなかった。まともに戦ったらもっと苦戦しただろう。俺が勝ったのはこいつが俺の事を無能な領主だと思って油断していたからだ。
　どんな能力を持っていたんだろう？　なんとなく気になった俺は彼の手に触れる。

スラッシュ＝ザッパー

職業：将軍
通り名：インクレイの剣将
主への忠誠度50

武力80
魔力20
技術40

スキル
上級剣術ＬＶ3
戦場のカリスマＬＶ2

戦場にいる場合に周りの兵士の士気があがる。戦いによって功績を重ねたものにのみ発動するスキル

ユニークスキル

怪力LV3

剣に生きるものLV2

剣をひたすら振り続けたもののみが到達できるスキル。剣を持った時のステータスがあがる。その剣は魔法すらも断ち切る。

バッドステータス

傲慢にて慢心

相手を格下だと思っていると、ステータスがダウン

代々武官として生きているインクレイ家に仕える将の血筋の人間。強いものと戦う事にしか興味が無いが、戦場の兵士達の受けはいい。自分の領内で邪教がはびこり始めた事は知っていたが戦いにしか興味を示さなかったため放置していた。

やはり魔法は使えないようだがステータスはかなり高い。だけど、こいつは俺を終始舐《な》めていた。だから奥の手である上級魔法に反応する事ができなかったんだ。

あれ？　でも、なんでこいつのステータスは読めて、ナイアルのステータスはわからなかったんだ？　こいつもナイアルもゲームに出ていないんだが……そんな事思っているとカイゼルがこちらに向かって走ってきた。

「ヴァイス様、勝利おめでとうございます。しかし、私の心臓が止まるかと思いましたぞ」

「ああ……悪かった。だけどこうしなきゃこの戦いもっと苦戦したと思うんだ」

「ですが……こういう時は我々に相談をしていただけると嬉しいです」

「そうだな……すまなかった」

カイゼルが真剣な表情で言った。そうだ……俺にはゲームで得た知識があるがこれはゲームとは違うんだ。今回だってスラッシュの存在によって兵士達の士気は大きく左右した。本当だったら今回の戦争はもっとあっさりと勝てるはずだったのに……。

そして……俺はスラッシュの死体を見て思う。今回はうまく行ったが次はこうはいかないだろう。俺の強さも敵に広まった。そして、ステータスが戦いの全てではないし、ゲームとは違う事も起こり始めている。だから俺も慢心せずに、心配してくれているカイゼルのような人間には頼ったり相談したりする事も必要なのだろう。

「しかし……相手もやりますな。変な能力を使っている奴らが紛れているようです」

「まだ、油断はできないようだな」

士気が上がったわが軍の兵士達がどんどん敵を追いやっていくが、ついに鉄砲水がとまり敵の増援がやってくる。

そしてその中には使い魔を行使するもの。巨大な大剣を持ってくるもの、連続で魔法を使ってくるものなどハデス教徒のモブ達が大量に紛れてやがる。

「ヴァサーゴの兵士が動揺しているタイミングをつくつもりだったが、ハデス教徒共がフォローしたってのか」

確かにこれは一筋縄ではいかないなと思った時だった。

「全く、貴族が邪教と手を組むなんて世も末よね」

ハデス教徒の目撃が増えてきたので呼んでいた増援がきたようだ。

「神の雷よ、我が敵を浄化したまえ!!」

俺の隣にやってきた無表情な少女の言葉と共に、その胸元から強力な雷が発生して、川を渡っている敵を襲い悲鳴はあちこちで発生する。

「「ぎやぁぁぁぁ!!」」

川に雷はやばいな……。

それに、神の雷はダメージのほかに異教徒の加護を一時的に無効化させる効果があり、ゲームでは無茶苦茶苦戦させられたのだが、味方が使うとこんなに頼もしいとは……そして、なによりも……。

「うおおおお、生おっぱいサンダーだ!!　すげぇぇぇ、本当に胸元から出てる!!」

「神の奇跡に変な名前を付けないでくれる!?　それに別に胸は見えていないでしょうが!!」

やっべえ、思わず、口に出していた。アステシアは顔を真っ赤にして胸元を隠す。

ちなみに今の彼女の服装はプリーストが着るローブなので露出は低いのだが、ゲームではもっと谷間が見えていたり、下半身にはスリットが入っていたりと、色々とセクシーなのである。ハデスの趣味だったのだろうか？　ゲームでも闇落ちをすると露出高くなるキャラとかよくいるよな。

「そんな事よりも、これであいつら無力化できるはずよ。今のうちに攻めなさいな」

「そうですね……では、私もいかせていただきます。このままなんの功績もなければ部下に示しがつきませんからな。相手の隊長格の一人でも倒してみせます。アステシア殿、ヴァイス様を頼みますぞ」

アステシアの言う通り、神の雷を受けてダメージを受けているハデス教徒達が驚愕の声を上げる。しばらくは加護が使えなくなるため、敵の使い魔は消えて、怪力持ちは巨大な剣を落として大惨事を生みだしている。これでハデス教徒もただの人である。

そんな中、カイゼルは元気に飛び出すと、敵兵士をなぎ倒していく。あいつもいつの間に無茶苦茶強くなっているな……最初にステータスを見た時はモブより少し強いくらいだったのに……俺ももうひと踏ん張り……と思ったが、彼女が俺を押し止める。

「心配しなくてもあなたの仲間は強いわ。あなたは指揮をした上に、相手の将軍の一人を倒した。十分でしょう？　だから、私達にもう少しくらい任せなさいな。みんなヴァイスの事が好きなんだから……」

彼女は無表情ながら優しい目で俺の傷を癒す。暖かい光が先ほど吹き飛ばされた時に負った擦り傷を包む。

「そうだな……ありがとう」

アステシアの言葉に張りつめていたものが切れたのかどっと疲れが押し寄せてくる。なんだかんだ緊張していたのだろう。

「ヴァイス＝ハミルトンめーー!!　無能な悪徳領主が卑怯な手を使って我らが将軍を殺しおって、私が敵をとってくれるわ!!」

「言いがかりをつけて戦争を仕掛けてきたのは貴様らの方だろうが!!　名を名乗れ!!」

まだ別の指揮官がいたのか、立派な鎧を着た敵兵が川の上で叫び、それにカイゼルが言い返す。

二人が対峙《たいじ》をしている時だった。

川の上流からすさまじい殺気を感じた気がする。一体なにが……と思って、上流の方を見上げると丸太のような氷に乗ってすさまじい勢いで下ってくる人影が目に入った。

そして、そのまま氷が敵に襲い掛かる。

「我はヴァサーゴ様の配下が一人……うおおおおお!?」

「自分達の無能さを棚に上げて、ヴァイス様を侮辱するとは不敬ですよ!!」

相手の指揮官は丸太状の氷は回避したものの、ロザリアの槍による一撃までは回避できず、柄で頭を叩かれてそのまま倒れていった。

「ぐがぁ」

いきなりの増援に敵はおろかカイゼルやうちの兵士も驚きの顔で見ていると、ロザリアが槍を掲げて勝どきの声をあげた。

「ヴァイス様のメイド、ロザリア。敵将を討ち取りました。ここが正念場ですよ、皆さんがんばっていきましょう!!」

「「うおおおおお、流石ロザリアだぁぁぁ!!」」

「え……いや、私の立場が……」

かっこつけて出陣したもののいい所をロザリアに持っていかれて泣きそうな顔でカイゼルが、俺を見つめてくるがなんと言葉をかければいいか俺もわからない。

「ヴァイス様、指輪を返しにまいりました。無事でなによりです」

「あ……ああ……」

あの川を下ってきたのか、結構勾配があるんだけどな……ちょっと驚きながらロザリアに返事をする。なにはともあれ、初戦はこっちの圧勝で終わったのだった。

★★

「なんで、倍の数で負けるんだよ!! スラッシュ将軍達はなにをやっていたんだ!?」

臨時の拠点で戦いの報告を聞いていたヴァサーゴは怒りのあまり、怒鳴りちらす。斥候からの報告では数はこちらが二倍くらいだったはずだ。相手に地の利があるとはいえ負けるはずなんてなかったのに……。

「それは……その……スラッシュ将軍はヴァイス＝ハミルトンの策略によって命を落とし、副将は不意を打たれて捕らわれました……」

「は？ あの雑魚にやられたっていうのか？ どうせ卑怯な手を使われたんだろう？」

「はい……報告によると水攻めにより分断され、その間にやられたとの事です」

「くそ、地の利があるからってこざかしい真似を……」

兵士の報告にヴァサーゴが舌打ちをする。その反応をみて、兵士は『ヴァイスとの一騎打ちによってスラッシュが倒された』という事を報告しなくてよかったと内心胸をなでおろす。

アイギスとヴァイスが仲良くなってから、やたらと目の敵にしているのだ。これ以上刺激したら自分がどんな八つ当たりをされるかもわからない。

「しかし……次はどうするか……初戦の間にあいつらは生意気にも簡易的な拠点を作ったらしいじゃないか……」

舌打ちをしながら、ヴァサーゴは部下からの報告書に目を通す。それによると相手の拠点には魔法で作った土壁があり、バリスタなどの兵器まで運ばれているらしい。

これに攻め入るのはちょっと面倒そうだ。

「なにかいい作戦はないのか？　ヴェインよ、お前ら三将軍は戦いのプロだろ？　ハミルトン領にいいようにやられて悔しくはないのか？」

イライラとしていたヴァサーゴは、三将軍の一人であり側近でもあるヴェインに声をかける。立派な鎧に身を包んだ壮年の男である。

「はっ!!　わが軍の方が数では勝っております。それに、周辺の貴族達の兵士達も続々と集まりつつあり、このまま奴らの砦《とりで》を囲んで兵糧攻めにするのが得策だと思います」

ヴェインの策は実に王道であり、この場面では得策の様に思えた。だが、それを聞いたヴァサーゴは顔をしかめる。

「お前は僕にヴァイスごときに絡め手を使えと言うのか!!　僕は圧倒的な勝利を収めなければいけないんだよ!!」

実のところヴァサーゴが今回開戦に踏み切ったのは、奴隷売買の件や、アイギスの件だけではない。

彼は領地での評価はあまり高くない。いや、むしろ低いともいえるだろう。好き勝手やった上に強引な手で領主になったので当たり前なのだが、それが彼は気に食わない。だから、この戦いで圧倒的な勝利を得て、領主としての地位を確実なものにしたいのである。

「ですが、ヴァサーゴ様……」

「うるさい!! お前は僕が目立って勝てる方法を考えればいいんだよ!! それともあれか、僕じゃ父上や、弟のようにはなれないとでもいうのか!?」

「違います、私は……」

まるで癇癪《かんしゃく》をおこしたかのように報告書を投げるヴァサーゴをヴェインがなんとかおさめようとした時だった。

「お話し中失礼します」

フードを被った男が足音もなくやってきたのだ。

「貴様!! 今は軍議中だぞ!!」

「ああ、こいつはいいんだよ」

叱責するヴェインを制止して、ヴァサーゴは親し気に声をかける。それを見たヴェインが複雑そうな顔をするがヴァサーゴは気付かない。

「お前らハデス教徒だってなん人もやられたみたいだが、なにがあったんだ？」

「聖女アステシア……私達の加護を一時的とはいえ無効化する力に不意を突かれました。ですが、数はこちらの方が上です。私の方で策があるので、手は打っておきましょう」

話を振られたフードの男……ハデス教徒の男がヴァサーゴに返事をする。そして、なにかを思いついたかのように言った。

「それにしてもヴァイスが自ら出てくるとは意外でしたな。そこが士気の差につながって、戦況の影響を与えたのかもしれません」

「なるほど……指揮官が自らでるか……」

「ヴァサーゴ様、それは悪手です!!　数で押せば勝てる戦いなのですよ!?」

「ろくな案のない、お前は黙ってろ!!」

制止するヴェインに沈黙を命じるヴァサーゴ。そんな二人に動じた様子もなくハデス教徒の男は話を進める。

「はい、そして、あなた様の力を奴らに見せつけてやりましょう。真正面から戦い圧倒的な力を見せつけて打ち勝つのです。そのための力が今のあなたにはあります」

「この魔剣だな」

フードの男の言葉を噛《か》み締《し》めるような表情で繰り返したヴァサーゴは腰の魔剣を触りながらにやりと笑った。

「次は僕自ら指揮を取ろう。なに、ヴァイスにできて僕にできないはずがない。それに……僕の本当の力を見せてやるよ」

そう言って、彼はハデス教徒から友好の証《あかし》にと渡された強力な力を持つ魔剣を再び撫でる。この魔剣はかのブラッディ家に伝わる強力な力を秘めた代物である。

「ふふ、この魔剣を僕が使えば……まさしく剣聖に名剣だな」

かつてラインハルト＝ブラッディはこの魔剣を手に戦場をかけまわり十二使徒として活躍したという。ならば次に英雄と呼ばれるのはこの魔剣の主である自分の番ではないだろうか？

ヴァサーゴは明るい未来を想像しにやりと笑う。

「ですが……相手の砦が完成しているのに正面突破は……いえ、わかりました……全軍に伝えます」

ヴェインはヴァサーゴになにか意見をしようとして、やはりやめた。この人は一度言い出したら止まりはしない。本来指揮官が前線に出るのは愚策である。ヴァイスが前線に出たのも、不利な状況にいる兵士の士気を上げるためにすぎない。

そして、作戦があり、本人の戦闘力が高いから成功したのだ。確かにヴァサーゴも強い。だが彼には……親と弟を毒殺して領主になった彼には人望がない。士気の向上にはあまり影響はしないだろうと思う。その上、彼は領主になってから鍛錬をやめてしまった。ヴェインは嫌な予感を覚えながらも命令に従う事しかできない。

ヴァサーゴがもう少し思慮深かったら、そして……ヴェインの話をもう少し聞く器があれば彼の未来も変わったかもしれない。しかし、自分を振ったアイギスに好意を持たれているヴァイスに嫉妬にも近い憎しみを抱いている彼はそこまで頭が回らなかった。

「護衛というわけではありませんが、私の信頼できる部下をヴァサーゴ様の元に置いておきましょう。そうすれば勝利はより確実なものになるかと」

そして、ハデス教徒の男が珍しくにやりと笑っているのに気づく者はいなかった。

★★

戦いから一晩たって、俺達は拠点にて体を休めていた。初戦を勝った事により、わが軍の士気はかなり高いし、相手の数も相当減らした。その甲斐《かい》あってか今は敵もおとなしくしているようだ。

「ヴァイス様……以上が相手の情報になります。捕らえた相手の指揮官や、複数の兵士から得た情報なのでほぼ間違いは無いかと思います」

「なるほど……千人の中の内訳は、ヴァサーゴの直属の兵士は七百人前後であとは様々な領地の合同部隊で烏合《うごう》の衆であり、士気は相当低いか……斥候が脱走兵をなん人も見かけたらしいし、本当っぽいな……」

「はい、現に先ほどの戦いも、前線で戦ったのはほとんどがヴァサーゴの兵士と彼がどこから引き連れてきた人間……ハデス教徒がほとんどでした。かなりの数を減らしたので相手の士気は低いと思います」

「数だけでも揃《そろ》えようとしたんでしょうけど……その結果がこれとは無様ね」

「まあ、倍の数だからな……便乗した奴らも俺達をさっさと倒しておこぼれに与《あずか》ろうって作戦だったが今頃は後悔しているんだろうよ」

ロザリアの報告を、俺とアステシアは少し呆《あき》れながら聞く。ちなみにカイゼルは、次こそは討ち取ってみせますと意気込んで素振りをしにいってしまった。休まなくて大丈夫なんだろうか？

「それにしても……兵士はともかく指揮官クラスまで、よくもまあペラペラと喋ったな」

「それはまあ、ちょっと体に直接聞いたので……」

「最初は頑固だったけどちょっと説得したらペラペラ教えてくれたわ」

なにやら不気味な笑みを浮かべあう二人の言葉に恐ろしくなった俺は思わず冷や汗を流す。

「まさか拷問を……」

「えへへ、冒険者時代に取った杵柄《きねづか》ですね」

「傷なんていくらでも治せるんですもの。ロザリアが壊して、私が治す。私達が組めばどんな奴も吐くと思うわ」

「ひええ!!」

ロザリアが少し恥ずかしそうに、アステシアが得意げに答えた。いやいや、怖いな、この拷問娘達……俺には好意的だけど敵に回したら絶対やばい奴じゃん……いや、アステシアはマジでやばい奴だったわ……ゲームでの行動を思い出して、絶対に怒らせないようにしようと誓う。

「もう、アステシアさんは大げさですよ。それより、これからどうしますか？　兵力差は多少縮まりましたが……」

「ああ、こっちから攻めるのにはまだきついな……かといって援軍も来ないから籠城戦ってわけにはいかないんだよなぁ……こうなりゃ少数で、食糧庫でも燃やして、あっちを煽《あお》るか。幸い地の利はこっちにあるしな。そういうのは闇魔法の使い手である俺の得意分野だ」

「ヴァイス様……お言葉ですがそれはあなたに危険が……」

「あら、ヴァイスなら大丈夫だと思うわ。今日だって、相手の将軍を倒したのよ」

アステシアの言葉に複雑な顔をするロザリア。

「それは……そうですね……ヴァイス様ももう立派に戦っていますもんね……」

「それに、私やロザリアがずっとそばにいるのよ。失敗なんてしないでしょう」

俺がどんな声をかけようかと悩んでいると、アステシアの言葉が再び彼女に笑顔を戻した。

「……はい、そうですね。ヴァイス様がんばりましょう」

「ああ、そうだな、一緒に頑張ろう。そういえばさ、ロザリアはよく不意打ちとはいえ敵の副将を倒せたな。あいつも結構強かったと思うんだけど……」

「それは……ヴァイス様のために鍛えていますから」

可愛らしく力こぶをつくるようなしぐさをするロザリア。可愛いな……たしかにダークネスやエミレーリオと会ってから特訓をしているんだよな。

ちょっと気になった俺は彼女の力こぶに触れる。たしかに鍛えられているからか、ちょっと固い。

ロザリア

職業：メイド
通り名：殺戮《さつりく》の冷姫
主への忠誠度100
好感度100

武力60→65
魔力80→81
知力62→65

スキル

氷魔法ＬＶ3

上級槍術《そうじゅつ》ＬＶ3→ＬＶ4

ユニークスキル

主への献身ＬＶ3→4

主人のために戦う時は、ステータスが40％アップ

主人を罵倒された場合、殺意と共に冷酷さが増す。

強さへの渇望

自分の弱さを悔いて、さらに強さを求めるものに現れる。戦闘時の経験値及び、ステータスが上がりやすくなる。すべては己の主の槍となるために。

ヴァイスのメイド。かつて命を救ってもらった事に恩を感じて、彼の事を自分よりも大切に想《おも》い、彼の幸せを願っている。最近どこか頼りなかった彼が、かっこよくなって自分の中に生まれている感情に困惑している。

え？　なんかステータスもわずかだが上がっているし、スキルレベルも上がっているんだけど……下手な主人公の仲間よりも優秀である。

考えてみればヴァイス同様にロザリアもまたゲームの序盤で死んでいる。彼女の才能は誰にもわからないのだ。ここまで強くなっていると頼もしい。

などと思っていると視線を感じた。俺に力こぶを触られてなぜか顔を真っ赤にしているロザリアとじとーとした目でこちらをアステシアが見つめている。

「ヴァイス様……そんな風に触りながら黙らないでください。恥ずかしいです……別に私は筋肉質ってわけではないですからね……」

「ふーん、あんたそういうのが好きなのね。まあ、貴族って変わった趣味が多いらしいし……その……私は腕力ないから、ちゃんとできないかもしれないけど、私の力こぶも触る？」

「ロザリア、ごめん!!　深い意味はなかったんだよ。あとアステシア、そんな趣味はないっての!!　それはそれとして触っていいの？　まじで？」

アステシアの提案に俺は思わず触りそうになるが、ヴァイスがこういう変な事をするのは解釈違いだったので自重した。

推しが力こぶフェチとか思われたくないからな。

それにしても、このままいけば勝てそうだな……。

今日の戦いは圧勝だった。まだまだゲームで使われた作戦もあるし、強力な魔法を使える俺や、ロザリアもいる。このまま、膠着《こうちゃく》状態になれば、少数精鋭で相手の数を削っていきしびれを切らせたところを討ち取ればいいだろう。そう思った時だった。

天幕の扉が乱暴に開けられて、兵士が入ってきた。

「大変です、ヴァイス様!! 敵兵が総力を集めてこちらに進軍してくるそうです!!」

「は？ まじかよ……こっちの拠点の整備だって済んでるんだぞ？」

一体なにを考えているんだ？ 初手ならともかく、この兵士の数も士気も低い状況で一気に攻め込んでくるなんて、うまくいくはずないだろ……某ハンター協会の会長だって「悪手じゃよ」って言うぞ……それともなにか作戦でもあるのだろうか？

敵の兵士がこちらを取り囲んでいるのを俺とロザリア、アステシア、ホワイトで、土壁越しに覗いていた。

カイゼルは今度こそ手柄を立てると言って前線にいる。

「いやー、結構な数だな……あっちが大体六百人、こちらは三百人か……相手が総力戦ってのはマジみたいだ」

「はい、そうみたいですね……しかし、なにを考えているのでしょうか？ 確かにすごい数です……でも、今回はこちらが拠点での防衛ですからね。こちらは相手に比べて兵士の練度が高いですし、持ちこたえるのは難しくないかと思います」

ロザリアの言う通り数では劣っているものの、一概にこちらが不利とはいえない。こちらは土魔法を使える魔法使いによってつくられた土壁や、バリスタに巨大な投石機など対抗手段を様々に用意してあるのだ。

先の敵の奇襲を俺達がしのいでいる間に後方支援組が作成してくれていたのである。大人数が攻め入るルートは大体限られるからな。見晴らしもよく奇襲の心配も少ないところで臨時の砦が完成していた。

「でもさ……あっちだって斥候がいるんだよな。流石にバリスタとかの兵器の存在はばれているだろうし、なにか策があるのか……？」

「相手がなんにも考えていない馬鹿っていう可能性はないかしら？　あら、なにか動きがあったわよ」

俺達が話し合っていると立派な鎧をつけた人影が一歩前に出てきた。風魔法を使っているのだろう。戦場全体に声が届く。

『我が名はヴァサーゴ＝インクレイ!!　これは最後の警告である。国に禁じられた奴隷売買をしたヴァイス＝ハミルトンよ。今降伏するならば部下の命だけは助けてやろう!!　さもなくば貴様は我が力の恐ろしさを知るだろう。十秒だけ待つ。良い返事を期待している』

あくまで正義は自分にあると言いたいらしい。それとも兵士達の揺さぶりが目的だろうか？　俺は周りを見回すが、誰も動揺もせずに、冷めた目をしてヴァサーゴを見つめている事に安心と共に嬉しく思う。

「ねえ、ヴァイス……これって今攻撃しちゃだめなのかしら。バリスタなら届くんじゃない？」

「無茶苦茶名案なんだけど、貴族の作法があるんだよ」

「そうですよ、アステシアさん。気持ちはわかりますが、相手は貴族です。最低限の礼儀は守らないといけません」

元も子もない事を言うアステシアを俺とロザリアがたしなめていた時だった。十秒経《た》っていないのに、相手が再び魔法で声を運んでくる。

『ふん、どうやら、臆病領主は僕の前に顔を出す事すらできないらしいな。兵士達よ、無能な領主の下に生まれた自分達を恨むんだな』

ははは、やっすい挑発だぜ。誰が行くかよ。ばーかばーかと思っていると隣からすさまじい殺気を感じた。

「よし、殺しましょう」

「アステシアさん。気持ちはわかりますが、ただ殺すなんて生ぬるいです。生まれてきた事を後悔させてやりましょう。バリスタの準備を!!」

「ひっ……」

「きゅー!?」

殺意の波動に目覚めたアステシアとロザリアに俺とホワイトが恐怖のあまり身をすくめる。

てか、それよりも、ヴァサーゴの奴がなにかを振りかぶっているんだが……どこか禍々しい光を帯びている棒状のものを見て無性に嫌な予感がした。

あれはまさか……。

「伝令こっちにこい!! 俺の声を戦場に響かせろ!!」

「わかりました、風の精霊よ、汝《なんじ》の力を貸し与えたまえ」

「いきなり、どうし……」

俺が視線をおくるとロザリアが察したのか、アステシアの口を塞ぐ。そして控えていた伝令の魔法によって俺の言葉が戦場に響き渡った。

『あの魔剣の射線上から離れろ!! 早く!!』

俺の言葉でなん人が避難できただろうか？ ヴァサーゴの剣が禍々しい光を放ち、振りかぶると、一直線に黒と赤が入り混じった光線が放たれた。

そして、その光線の直線上にいた人間を焼き払い、轟音《ごうおん》と共に土壁が破壊される。

『ふははは、どうだ。これがヴァサーゴ＝インクレイの力だ。恐れおののくがいい!!』

耳障りな笑い声が戦場に響く。なんでだよ、あれはお前が持っていいようなものじゃないし、ゲームで出るのももっと先のはずだ。

この時期はハデス教徒が管理しているはずなのに……。

「ヴァイス様、今のは……」

「ああ、あれは『魔剣ダインスレイブ』ブラッディ家の家宝だよ……」

そう、アイギスと初めて会ったパーティーの時に中庭でラインハルトさんがハデス教徒に渡していたものだ。回収はできなかったと言っていたがこんなところで見られるなんて……。

『魔剣ダインスレイブ』それはブラッディ家に伝わる魔剣の一つであり、ゲームではアイギスが装備している敵専用のアイテムである。

効果は今見たように、精神力をエネルギー源にして光線を解き放つ事と、戦場にて血を浴びれば浴びるほど切れ味が増すのである。ブラッディ家の初代領主はこの魔剣を片手に戦場で鮮血をまき散らし、笑いながら戦っていたと言われている。これがブラッディ家の名前の由来とまで言われるおそろしい魔剣だ。

だけど、ゲームであの魔剣を使用していたアイギスが敗北したように弱点だってある。このまま負けてたまるかよ!!

「なによ、あれ……反則じゃないの……」

「あれが魔剣ですか……冒険者時代に名前だけは聞いた事がありますが規格外ですね……ただ、強力な力には代償があるはずです。あの魔剣にもなにか弱点が……」

「ああ、弱点はあるさ。光線は連続では放てずに、クールタイムがある事と、精神力が弱いものが持てば、剣の魔力に魅入られて正気を失うんだよ」

ロザリアの言葉に俺が答える。そう、魔剣は決して無敵の武器ではない。それに使用しているのはアイギスではなく、ヴァサーゴだ。ゲームでは拠点ごと滅ぼした一撃も、壁を破砕するだけに踏みとどまっている。

生で見た魔剣の威力に驚いたが勝機はある。引きこもったままの勝利はできなくなったがな。

俺はホワイトを甲冑《かっちゅう》の間に避難させながら言った。

「ロザリア、アステシア……悪いが俺についてきてくれないか？　ヴァサーゴがもう一度魔剣の力を使う前にあいつを捕らえる」

戦場に突っ込むのだ。俺のサポートとしてロザリアと、ヴァサーゴの周囲を守っているであろうハデス教徒の加護の対策にアステシアの力は必須だろう。

しかし、ゲームの知識で魔剣の弱点を知っている俺と違い彼女達はついてきてくれるだろうか……？　現に厳しい訓練を乗り越えたハミルトン領の兵士達ですら魔剣を恐れてざわついているのだ。だけどその心配は杞憂《きゆう》だった。

「もちろんです、ヴァイス様の事は私が必ず守りますから‼」

「あなたね……専属プリーストの私がついていかなくて誰がついていくのよ。魔剣の攻撃だって死ななければ癒してあげるから安心しなさい」

二人は当たり前のように頷いてくれた。その事が嬉しくて……俺は涙ぐみそうになりながらも礼を言う。

「二人ともありがとう。伝令、再び頼む!!」

俺は馬の方に駆け出しながら大声で叫ぶ。ロザリアも馬に乗り、アステシアは俺の背中に捕まる。

『あの魔剣は連続では使えない!! 今のうちに突っ込むぞ。我こそはというものは俺についてこい!!』

俺は浮き足だっている兵士達に伝令魔法を使って激励の言葉を飛ばす。そして、俺が敵陣へと突っ込むための準備をするが、ついてくるものは少なかった。兵士のほとんどは動揺しているのだ。

無理もない……魔剣の威力は強力な癖に弱点はあまり知られていないのだ。いわば大砲に剣でつっ込めと言われているようなものである。俺の言葉を信頼して即答した二人が異常なのだ。

くそ……時間がないってのに……この人数で突っ込むか？ いや、流石に数が少なすぎるな……。

「お前ら、なにをやっている!! 領主様が先陣を切ると言っているのだぞ。それなのに我ら兵士が臆病風に襲われてどうするというのだ!!」

魔法を使ってもいないのに戦場に響く声があった。その主はカイゼルだ。

「確かに我らの領主様に問題がなかったとは言えん、着任の直後は色々とやらかしもした。だが、最近はどうだ？　バルバロという暴君を追放したのは？　我らの士気を上げるために前線に出て、将を討ち取ったのは？　我らのために教会に頼んでプリーストを派遣してくれたのは誰だ？　そのおかげで死傷者が格段に減っているのに気づいていないとは言わせんぞ。現に今も自ら先陣を切ろうとしているではないか？　我らが領主様を信じずして、誰を信じるというのだ!!」

カイゼルの言葉に戦場がざわめく。そして、次々と兵士達が馬に乗り、武器を構え始める。俺の言葉が通じない人間にも、ずっと我が領土で兵士達と共にいて、働いていたカイゼルの言葉は心に響いたのだろう。

彼はヴァイスがぐれて左遷された時もずっと、ハミルトン領の事を考えてくれていた。その彼の言葉が周りを活かしたのだ。

俺は馬を走らせてカイゼルの元に向かい礼を言う。

「カイゼル……ありがとう、助かった」

「いえ、私は思った事を言ったまでです。あなたはそれだけの事を成し遂げているのです。だからこそ、私の言葉も兵士達に届いたのですよ」

「よかったわね、ヴァイス」

「きゅーきゅー♪」

みんなの言葉に思わず涙ぐみそうになるのをごまかすように剣を掲げて叫ぶ。

「ああ……みんなの期待には応えないとな。ヴァサーゴ＝インクレイを討ち取るぞ」

「先頭は私に任せて下さい。今回こそ、手柄を立てて見せましょう!!」

カイゼルが先陣をきり、その後ろを俺達が馬で走る。数では劣っているのだ。一点突破をして、ヴァサーゴを倒すのが一番の手だろう。

しかし、相手も流石は武官の家系である。魔剣の存在で士気が上がったのか、ヴァサーゴを守ろうと必死にくらいついてくる。

いっそのこと牽制《けんせい》がわりに見た目が派手な王級魔法でも使うか……そう思った時だった。横から無数の弓矢が飛んできて、相手の兵士を射抜いたではないか？　伏兵を仕込んでいる余裕なんてなかったはずなんだが……。

「あれは……仮装集団かしら。いや、本当になんなのよ？」

「『いあ！　いあ！　くとぅるふ　ふたぐん！　いあ！　いあ！　ないあるらとほてっぷ』」

アステシアが絶句するのも無理はないだろう。五十人くらいの集団は一人の少女を除いてみんなローブを着こんでいる上に仮面舞踏会でつけるような仮面をつけ、変な呪文を唱えながら戦っているのだ。しかもつええええ!!　二人同時に相手してぶっ倒しているんだけど!!

てか、集団の真ん中にいる小柄の赤髪の少女と、キモイ触手みたいなのを出して戦っている奴見覚えしかないな……。

「その……お前らなにやってんの？」

案の定というか二人は俺を見つけると馬を寄せてくる。

「久しぶりね、ヴァイス!!　あなたの助けに来たわ。彼らはナイアルの指示で変な恰好《かっこう》をしているけどうちの精鋭だから安心しなさい」

「え？　ああ……ありがとう？」

俺はどんな反応をすればいいかわからず、とりあえずお礼を言う。すると触手男もやってきて自慢げに笑った。

「あー、色々あってブラッディ家は表立ってのサポートはできないらしいからね、変装してもらっているのさ。一応僕らは故郷の村をインクレイ領の兵士に襲われて復讐《ふくしゅう》に燃えている戦士達で、アイギスを守るついでに、戦っているっていう設定なんだ。ちなみに今の僕の名前はアザトースだよ、よろしく」

「設定とかいっているけど大丈夫なのかしら？」

アステシアが冷静に突っ込むが、俺もいろいろと突っ込みたい。てか、ハデス教徒よりもこっちのほうが邪教っぽいんだけど!!　そんな事を思っていると自称アザトースが、胡散臭い笑みを浮かべながら俺の耳元でささやく。

「ついでに親友殿にとって縁が深い人もつれてきたよ。戦争してるっていうのに、どうしてもハミルトン領に行きたいって騒いでいたから仲間にしたのさ」

「え、誰だよ。それ……」

ナイアルが指をさす方向を見ると、赤髪の仮面をかぶった女性がなにやら指示を出しており、もう一人の紫髪の仮面をかぶった女性が魔法を駆使して、敵を撃退しており……その姿を見て、俺の胸がざわりとさわぐ。

まさかあいつは……いや、今はそれどころじゃないな。気になる事が一気におきたが、今がチャンスだ。俺は兵士達に向けて大声を上げる。

「全軍いくぞぉぉぉ！」

そして、謎の援軍と合流した俺達は戦場を駆けるのだった。

援軍の数は五十人と少数ではあるが、一人一人がすさまじい能力を持っていた。本当にブラッディ家の精鋭なのだろう。武官であるインクレイ家の兵士達を次々となぎ倒していく。

そして、そのおかげで敵に動揺が走った。

まあ、変な仮面をつけた集団にいきなり襲われて、しかもそいつらが無茶苦茶強かったらビビるよな。なにはともあれチャンスである。

「一気に攻めるぞ!!」

「「はい!!」」

「きゅーー」

俺の号令にロザリアとカイゼル、ホワイトが答え、振り落とされまいと、無言でアステシアが俺にしがみつく。そして、彼女はアイギスが連れてきた援軍達を見てぼそりと言った。

「『いあ！　いあ！　くとぅるふ　ふたぐん！　いあ！　いあ！　ないあるらとほてっぷ』」

「あの掛け声……なにかの儀式かしら……良くない気配がするわね」

「確かに不気味だけど、深い意味はないんじゃないか？　なんか、ブラッディ家の人間ってわからないようにするために適当に言わせてるらしいぞ」

俺は苦笑しながら答えるが、確かに聞いた覚えがあるんだよな。しかも、こっちの世界の話ではない。前世で聞いた事があるのだ。

「きゅーー!!」

一瞬なにかを思い出しそうだったが、飛んできた矢がこちらをかすめた事によって思考が中断され、ホワイトがビビって俺の甲冑の中に入り込んだ。確かに戦場はすさまじい状況だった。しかし、優勢なのはこちらだ。

魔法や矢が飛んでくるが、それをロザリアの氷と、ナイアルの触手が弾き、カイゼルとアイギスの剣が敵を打ち倒す。もちろん俺の影も相手を転ばせたりと活躍したりしている。

そして……本来厄介なはずのハデス教徒の大半はアステシアの力によってその加護を無効化されて、成すすべもなく倒されていく。アイギスはブラッディ家につたわる魔剣を持ってきたらしく、振りかざすとともに真空波が発生して、敵を切り刻む。

「ふふん、所詮加護にだけ頼っている邪教の信者ね、私達の敵じゃないわ」

「これがブラッディ家の魔剣『テンペスト』よ!! 喰らいなさい、そして思い知るの、武力よ、武力は戦場で全てを解決するんだから!!」

流石はゲームの二大ボスである。まだその能力は発展途上にもかかわらず相手を圧倒する。敵にしたら厄介だが、仲間にしたら心強すぎるな……。

だが、その快進撃もそこまでだった。すさまじい突風が俺達に襲いかかる。

「結界よ、我らを守りたまえ!!」

突然襲ってきた強力な風の刃をアステシアの結界が防ぐ。だが、相手もただモノではなかったのか、その結界にはひびが入っている。

「ふふ、これ以上は通しませんよ。私の名前は三将軍が一人『美騎士』ローゼン。戦場に血の華を咲かせて見せましょう」

つややかな毛並みの白馬にのった美形の青年が剣を構えてこちらに微笑む。そして、目の前の男には見覚えがあった。ゲームではハデス教徒の傀儡になったヴァサーゴを見限って傭兵《ようへい》をやっていたが、こんなところであうとは……。

「気をつけろ、あいつは魅了の魔眼を持っている魔法剣士だ!! 特に女性陣はチャームにかかる可能性がある。警戒してくれ」

そう、こいつの能力は対峙した相手を魅了しながら、魔法剣を使ってくるという厄介な相手なのである。

その対処方法としては簡単だ。

「こいつの魅了は異性限定だ。だから俺が……」

「いえ、ここは私におまかせください!! ヴァイス様はお先をお急ぎください。これからが本番なのですから」

「おい、カイゼル？」

俺が制止する前にさっさと馬を走らせて行ってしまう。ローゼンはやたらと派手な姿をしているが三将軍なのだ。彼で勝てるだろうか？

「大丈夫さ、それに僕らだってサポートする。君は本番まで力を温存しておいてよぉ」

続いてナイアルと不気味な仮面をかぶった軍団が追いかけていく。

「ヴァイス様、カイゼルならば大丈夫ですよ。彼もまたあなたのおかげで変われた人間の一人なのですから」

「あなたは心配性なの。だいたいなにが魅了よ、そんなの私達に通じるはずないでしょう。だって、私はとっくに他の人間に魅了されているもの」

ロザリアとアステシアが焦る俺をたしなめてくれる。そして、アイギスはというと魔剣を振り回しながら敵陣へと突き進んでいった。

「私はヴァイスを守るわ。ヴァサーゴまでの道のりに立ちふさがる敵は任せなさい。私の武力で倒すわ!!」

鬼に金棒というわけではないが、魔剣を手にしたアイギスは圧倒的なまでの剣技で強敵のはずの三将軍の側近をぶち倒して突き進んでいくのだった。

★★

カイゼルは馬を走らせて三将軍ローゼンの元へと駈《か》けていた。必ずしも勝てるという自信があるわけではない。

そもそも三将軍は自分よりも格上である。だが、カイゼルにはここで戦わなければいけない理由があった。

「ヴァサーゴを攻めるのは今しかチャンスはないだろう。それに、これ以上はヴァイス様の負担を増やすわけにはいかん」

戦場をよく知るカイゼルは直感でわかっていた。再び魔剣が振るわれればその威力に兵士達が委縮してしまうだろう事を。そして、ヴァイス自身気づいていないかもしれないが、彼からは疲れを感じ取っていった。そもそも指揮官というのは、ただ戦うだけではない。周りの状況を確認してそれに応じて指揮をするのだ。負担はすごく大きいのである。

「それに、なによりも私もヴァイス様に借りを作ったままではいかんのだ」

バルバロ達にそそのかされた時にカイゼルは注意する事しかしなかった。ヴァイスはずっと苦しんでいたのだ。なのに、彼に寄り添う事をしなかった。ある意味バルバロのように彼の愚痴を聞いたり寄り添ったりする人間が必要だったのにだ……。

『なあ、カイゼル……俺にどうしろっていうんだよ。なにをやってもうまくいかないんだよ』

半泣きになっていた彼に自分は『領主なのだから頑張ってください』などとしかいえなかったのだ。

その結果彼は潰れてしまったのだ。だって、もう限界まで頑張っていたのだから……。

カイゼルはずっとその事を悔いていた。だからこそ便所掃除などというふざけた役職においやられても彼の傍《そば》にいて、兵士達の離反を防ごうと必死に呼びかけをしていたのである。

なにがきっかけかはわからないが彼が再びやる気になってくれたのだ。今度こそ、この身のすべてをかけてでも守ると誓ったのである。

「おや、美しくない男達が私の相手ですか？　美女達と戦えないのが残念ですね」

ローゼンの言葉に振り向くと、後ろからナイアルと彼がつれてきた部隊がやってくるのに気づいた。

「ナイアル様申し訳ありませんが……」

「心配しないでほしい。僕はあくまでサポートだよぉ……彼の相手は君に任せるさ」

ナイアルがキザっぽい仕草で、指をぱちんと鳴らすと触手のような枝が彼の服から伸びていき敵兵を拘束していく。

「おお、なんという美しい植物でしょう。ですが、私の方が美しく……そして、強い!!」

「させん!!」

ローゼンが触手達を切り払おうと、ナイアルに向かっていくのをカイゼルが正面から受け止める。

「ほう、美しくはないですが、意外とやりますね。ではこれはどうでしょうか？」

「ちぃ、魔法か!!」

馬上で剣を打ち合って、距離が出た時に放たれた風の魔法が、カイゼルを切り刻もうとする。

だが、ラインハルトやロザリアとの訓練の成果か、魔法を放つ動作を見抜き、馬の上から飛びあがるとそのままローゼンに斬りかかる。そして、そのまま地面へと引きずりおろす事に成功する。

「これで……ごはぁ」

「おっと、必死ですね、ですが、私とて三将軍の一人です。接近戦なら対等とでも思いましたか？」

一瞬だった。カイゼルが気を抜いた時にローゼンの蹴りがカイゼルの腹部を捉えて再び距離ができてしまう。

「我が右腕に風の獣、風よ、我が刃にまとわりつけ!!」

詠唱と共にローゼンの握る剣に風がまとわりつき、そのまま斬りかかってくる。

「上級魔法だと!? うぐぅぅぅ!!」

剣を受け止めても、風の刃がカイゼルを襲い剣をうちあうだけでどんどん切り傷が生まれていく。

しばらく斬り合っていくうちにカイゼルの肌の露出している部分が傷だらけになった時だった。

「美しくない人よ……なぜ、あなたはそこまで頑張れるのですか？ ヴァイス＝ハミルトンは悪徳領主と聞いています。そんなもののためにそこまで戦う必要はないでしょう？ 今剣を引けば命だけは助けてあげましょう」

「私を馬鹿にするな!! それにヴァイス様は私が剣をささげるにふさわしいお方だ!!」

ローゼンの言葉に激高したカイゼルが、怪我を物ともせずに激しく斬りかかる。

「ヴァイスの悪名はこちらにも響いています。今は少しはまともになったかもしれませんが、彼が悪政を行ったのは事実でしょう!! どうせ、なにかあればまた腐って繰り返しますよ!!」

「ヴァイス様はもう変わられたのだ。それに……またあの方の心が折れそうになれば、今度は私が……私達が支えるのだ!! それがわれら部下の役割である!!」

「支える……ですか……」

カイゼルの言葉に一瞬ローゼンの動きが鈍る。そして、その隙を逃さずカイゼルの剣が届きローゼンの剣を弾《はじ》き飛《と》ばした。

「私もあなたのようにもっと己の主を支えようとしていればよかったのでしょうか？　そうすればあの人は邪教なんかに唆されたりなんかしなかったのでしょうか？」

空中に飛んでいった剣がまるでブーメランのように戻って再びローゼンの手に戻ってくる。対するカイゼルは出血多量のため、体がよろけてしまう。

「邪教に力を借り、敵の領主に冤罪《えんざい》を押し付けるまで堕ちた主を止めずに加担する。ああ、今の私は美しくないですね……」

圧倒的有利な状況だというのにローゼンはなにかを考え込むようにして剣を収めた。

「お前、なにを……」

「私はあなたに心の美しさで負けました。忠誠心の美しい方……。それにどのみち私の負けの様です。醜い私は今の領主に命をかけてまで尽くす忠誠心がありませんから」

ローゼンが自虐的に笑いながら周辺を見てみろと指さすと、ローゼンの部下はナイアルや、ブラッディ家の精鋭達によって倒されていた。

「くっ……結局私はまた役に立てなかったという事か……」

「そんなはずがないでしょう。あなたが私をひきつけていたから彼らが、自由に戦えたのです。もっと誇らしげにしてくれないと負けた私の立場がないじゃないですか」

ローゼンは降参とばかりに両手を上げる。だけど、その瞳はどこか悲しそうだ。

「ヴェイン……私はこの戦いから降りますが、あなたはどうしますか？」

ヴァサーゴのいる方を見つめ、答えのあるはずのない問いをするローゼンにカイゼルはかつての腐っていくヴァイスにどうすればよいかわからず悩んでいた自分を思い出して、少し共感を覚えるのだった。

★★

カイゼル達がローゼンを引きつけてくれたおかげで、俺達は予想以上に苦戦せずに、ヴァサーゴの元へとたどり着いた。

彼らが心配だが、ナイアルもいるし、なによりもカイゼルはやるといったらやってくれる男だ。大丈夫だろう。

「やるじゃないか、まさか、こんなにも早くここに来るなんてねぇ。ちょうどいい、君達に話があるんだ」

戦場を駆け抜けてやって来た俺達に対してヴァサーゴは隠れもせずに、刀身が血の様に真っ赤な魔剣をその手に持ち、堂々とした様子で出迎える。

彼の周りには立派な鎧を身にまとった三将軍らしき男を筆頭に、どこか禍々しい雰囲気を持つ褐色の男、兵士達も武器を構えているが、なぜか攻めてこない。もちろん、俺達を歓迎しているわけではないだろう。なにを考えているかわからんな……。

「あいつが親玉ね、殺すわよ‼　ってあの剣は……」

「そうね……辛気臭い顔しているし邪教でしょう。天罰を下しましょう」

「ちょっと待った、なんか話があるっていってるだろ、気持ちはわかるけどさ‼」

ヴァサーゴの魔剣に気づいたアイギスが魔剣をかまえ、アステシアが問答無用でおっぱいサンダーを放とうとしたのを俺は慌てて止める。この元悪役達物騒すぎるな‼

相手の兵士達が攻撃をしてこない。という事はなんらかの交渉をしたいという事だろう。正直無視して、斬りかかりたいが、戦争をしているとはいえ俺達は同じ派閥の貴族である。多少の礼儀というものがあるのだ。いや、もうここまで来たらどうでもいい気もするけどさ……。

「ヴァイス＝ハミルトン……悔しいけど、お前達は僕が思ってたよりもやるみたいだね」

そう言ってヴァサーゴは、どこかうらやましそうにアイギスを見つめる。

「それにアイギス様を戦場に巻き込めるほど気に入られているなんてね……ちゃんと彼女がかかわらないように手は打ったはずなんだけどな……」

この視線……マジでこいつはアイギスの事が好きなのだろうか？　そういや、誕生日パーティーでも口説いてたもんな……。

「……あなたは誰かしら？　いいから、お父様の剣を返しなさい‼　今なら半殺し二回で許してあげるわ‼」

怪訝な顔をするアイギスの言葉にそれまで余裕ぶっていたヴァサーゴの表情が固まる。てか、半殺し二回って殺しているじゃねーか、許す気ないだろ……。

それに対するヴァサーゴはというと哀れなくらい慌てて自分の存在を主張する。

「え？　僕ですよ、ヴァサーゴ＝インクレイです!!　幼少の時には共に剣を学び、パーティーでも何度もお会いし、この前の誕生日パーティーでもお話をしてたじゃないですか？」

「知らないわ。それに、私はあなたの事は嫌いよ!!　だって、魔剣を返さないうえに、私の大事な友人であるヴァイスを見下しているでしょう!!　顔も見たくないわ!!」

「な……僕はあなたにボコボコにされてから、ずっと忘れられなかったというのに……」

存在を認識されていなかったうえに、全否定されてたヴァサーゴは泣きそうな顔で声を漏らす。ちょっと見ていて可哀そうになってきたな。

まあ、こっちに冤罪をふっかけて戦争をおこしたんだ。ざまぁみろって気持ちの方が強いし容赦はしないけどな。

すると、ヴァサーゴはなぜか俺を憎しみに満ちた目で見つめて言った。

「まあいい、ヴァイス＝ハミルトン、僕と一騎打ちをしろ!!　どっちが優れた領主なのか、アイギス様に証明してやるよ!!」

「一騎打ちか……はは、ここまでゲームと一緒とはな」

「ヴァサーゴ様なにをおっしゃっているのですか、このままいけば我らならば勝てます!!」

いきなりの提案に周囲がざわっと騒がしくなる。特に立派な鎧の男が必死に制止する。敵軍の兵士もヴァサーゴがそんな事を言うとは思ってもみなかったようだ。

「うるさいぞ、ヴェイン!! 今の僕は魔剣だってあるんだ。誰にも負けはしない!!」

立派な鎧の男……ヴェインにヴァサーゴはどこか狂ったような笑みを浮かべながら剣をかかげて怒鳴りつける

正直俺達の一騎打ちで決着がつくなら、これ以上の兵の被害が無くて済むだろうし都合がいい。ヴェインは最後までヴァサーゴに尽くした三将軍だ。主であるヴァサーゴがいなくなれば相手も大人しくなるだろう。魔剣を持ったヴァサーゴと三将軍であるヴェインを同時に相手にするよりはましだろう。

そんな事を思っているとロザリアと目が合った。彼女は俺をじっくりと見つめて頷いた。どうやら、考えは筒抜けらしい。

「ヴァイス様……信じています。あんな奴やっつけちゃってください!!」

「ああ、任せろ。その提案のったぜ、俺がぶっ倒してやるよ!!」

心配性のロザリアが安心した顔で送り出してくれる。それが嬉しくてつい気合が入ってしまう。そうして、最終決戦が始まる。

実の所、ヴァサーゴとの一騎打ちのイベントはゲームでもある。だから……こいつのやりそうな事は大体予想がつく。とはいっても、ゲームのヴァサーゴは魔剣なんぞ持っておらず、状況的にも主人公の兵士達に囲まれている状態で、やけくそ気味に主人公を挑発して一騎打ちに持ち込むという状態だったのだが……。

まだ、勝負が分からない状況で、一騎打ちに持ち込んでくるとはな……俺を舐めているのか、アイギスに良いところを見せたいのか……それとも、魔剣の力に飲まれ好戦的になっているのかもな。

『それでは……ヴァサーゴ＝インクレイとヴァイス＝ハミルトンの一騎打ちを始めます』

伝令魔法が飛び交い、戦場ではもう戦いの音が止《や》み、両陣営の兵士達が俺達の勝負の行く末を見つめている。

我が領土の兵士はもちろんの事、相手の兵士達もこの一騎打ちに否定的ではなかったという事は、彼らも本当は戦いたくはなかったのだろう。ましてや、当初は楽勝と言われていたのに、無茶苦茶苦戦をしているのだ。当たり前だ。それに……これで負ければすべての責任はヴァサーゴにおしつけられるわけだしな。

そんな事を考えているとヴァサーゴが禍々しく光る魔剣を掲げながら、にやりと笑う。

「どうした、黙って？　僕が怖いのか、ヴァイス？　お仲間や部下のおかげで僕達と互角に戦えたようだけど、今回ばかりはそうはいかないぜ」

「邪教や魔剣の力に頼っているだけのくせにずいぶんとかっこつけるな。あのな……俺は怒ってるんだぜ!!　お前のせいでどれだけうちの兵士が死んだり怪我をしたと思ってるんだ!?」

「はっ、そんなの僕という英雄の覇道の犠牲になるんだ。あの世で感謝しているだろうよ!!」

その一言と共に、ヴァサーゴが斬りかかってくる。確かにそれなりに鍛錬はしているのだろう。その動きは早いが……カイゼルやロザリアに比べれば敵ではない。敵の攻撃を俺が受け流そうと剣を重ねた時だった。

「うおおお!?」

「ははは、どうした? 無様だなぁ!!」

俺の剣を紙でも斬るかのようにして真っ二つにしやがった。ふざけんなよ、金属ってあんなに簡単に切れんの?

「うう、お父様の魔剣があんな奴に……ヴァイス気を付けて、『ダインスレイブ』は金属すらも切り裂くわ!!」

アイギスの防御無視攻撃はこういう事だったのだろう。てか、クールタイムで光線放てない状況なのに、接近したらこれはやばいな……。

だけど……チートなのは武器だけだ。俺は得意げな笑みを浮かべているヴァサーゴに嘲るように言った。

「今ので俺を仕留めきれなかった。お前の負けだな。影の暴君よ、その腕を我に貸し与えん!!」

「な……上級魔法だと!?」

俺の詠唱と共に影が巨大な獣となり、そのするどい爪が受け止めた剣ごとヴァサーゴを吹き飛ばす。魔剣を落とさなかったのはさすがだが、完全には受け流せずヴァサーゴは胸から血をまき散らしながら、荒い息を吐いている。別に魔法を使っちゃいけないという約束はしてないからな。そもそも俺は魔法の方が得意だし。そして……上級魔法を使った瞬間、味方陣営から鋭い視線を感じたのは気のせいか？

「くそがぁぁぁ、お前ごときが僕に傷を負わすだと……そんな事あっちゃいけないんだよ」

「これが現実だよ。それにお前は最近剣をふってないだろ。アイギスやロザリアだったら今の攻撃くらい完全に受け流していたぜ」

ヴァイスの記憶にあるヴァサーゴは性格こそ終わっていたが剣の腕前はたしかだった。それがこのざまとはそういう事なのだろう。

俺がとどめをさそうと詠唱を始めた時だった。

「うるさい、うるさい、みんな僕を馬鹿にしやがって!!　父さんも、カインもみんな僕の事をみくだしやがってぇぇぇ!!」

俺の安い挑発に狂ったように叫ぶヴァサーゴ。その目は目の前にいる俺ではなく誰かを見つめているようで……そして、彼が持つ魔剣が禍々しい光を放つ。

「そんな……もう、魔剣をうてるのか!?」

「違うわ!!　お父様がいってたけどあの魔剣は持ち主の生命力を消費しても使えるの。あいつ私達もろとも死ぬ気だわ」

アイギスの言う通り、こんな近距離で俺に向けて放てばヴァサーゴやその部下達も無事ではすまないはずだ。こいつ本気なのか？

「ヴァサーゴ様⁉　おやめください。あなたの御命が……」

驚きの声をあげるのは俺達だけじゃない。ヴェインを筆頭とした敵兵もだった。

「ヴァイス様、ここはいったん撤退しましょう‼　もう、一騎打ちは無効です。アステシアさん結界の準備を‼　アイギス様も私達と一緒に逃げてください」

「逃がすかよ‼　お前もみんなみんなここで死ぬんだよ。僕をばかにした奴は皆殺しだぁぁぁ‼」

「こいつ、完全に魔剣に呑《の》まれてやがる‼」

血走った眼をしたヴァサーゴが魔剣を振るおうとして……その身が凍てつく。

「させません‼」

ロザリアだ。撤退が間に合わないと悟った彼女の氷が、ヴァサーゴの体を凍らせて動きを止め……剣から放たれる魔力によって即座に砕けちる。だけど、隙はできた。

「アステシア、アイギス‼」

「任せなさい。神の加護よ‼」

「私の武力でヴァイス達を守るんだから‼」

アステシアの魔法によって身体能力を上げた俺とアイギスはヴァサーゴに接近する。

「絶対やらせないんだからぁ!!」

「常闇をつかさどりし、姫君を守る剣を我に!! 神喰《かみくい》の剣!!」

「きゅーーー♪」

アイギスの魔剣と俺の王級魔法を纏《まと》った予備の剣とダインスレイブがぶつかりあってすさまじい魔力をまき散らす。

「うおおおおおおお、俺は……自暴自棄になっているだけのお前になんか負けられねーんだよ!! 俺はみんなと生きるんだ!!」

せっかくヴァイスになって破滅フラグを回避してロザリアに救われて、アイギスやアステシアを救う事ができたのだ。ようやく彼女達の幸せがみえてきたのだ。それをこんな……自分の命を捨てるような奴にダメにされてたまるか。

意志の強さが勝ったのか、それとも単純に俺とアイギスの力が勝ったのか、ダインスレイブの刀身はふりおろされる事なく、そのまま光線は天に向かって放たれ空中で爆発していく。

「くっそ、僕が負ける……僕は英雄に……なのにこんなところで……」

うめき声をあげるヴァサーゴの手から魔剣がこぼれおちていき、苦しそうに呻《うめ》き声をあげる。

そのまま崩れ落ちそうになって、一瞬彼の瞳に狂気の色が戻るのに気づいた俺は、次に来るであろう攻撃に備えて、もう一つの魔法を唱える。

「くっそ、やれ!!」

「影の腕よ、我に従え‼」

ゲームと同様にヴァサーゴの命令によって彼の部下が放った矢を俺の影の手が受け止める。死角からの攻撃をまるでしっていたかのように対処した俺を信じられないという表情で見つめているヴァサーゴを蹴とばして俺は吐き捨てるように言った。

「お前のやりそうな事はわかっているんだよ。これでもう打てる手はなくなったろ。捕らえろ‼」

今ので俺を殺せば状況は多少変わったかもしれないが、それも失敗に終わった。自分達ごと殺そうとした上に卑怯な真似をしたヴァサーゴに愛想が尽きたのか、敵兵も俺の兵士があいつを捕えるのを止めはしなかった。もちろん矢を放った彼の部下も捕縛済みだ。

「ヴァイス様、アイギス様さすがです‼　魔剣を打ち払うとは……」

「やっぱりヴァイスはすごいわね、私達がいれば魔剣だって敵じゃないわ‼」

「ちょっと焦ったけど……よかったわ……治療の必要がないのが一番ですもの」

「きゅーきゅー‼」

勝利した俺にみんながかけよってくる。王級魔法を使った俺は情けなくもそのまま三人に支えられる。

「くそ……なんでだ。お前だって、優れた妹が憎かったんだろ？　領主の座を妹に奪われそうになったんだろ‼　だから、自分の親父を殺して領主になったんだろうが‼　親父と弟のカインを殺した僕と同じじゃないか!!　なのに……なんでお前はそんなに慕われているうえに強いんだよ!!」

我が領地の兵士に捕らえられたヴァサーゴが憎々し気に俺をにらみつけながら喚《わめ》き散らす。彼を守ろうとする兵士も、庇《かば》おうとする従者もいないようで、ヴェインですら悲痛な表情でこちらを見つめているだけだ。

それにしても、なんで俺が父を殺したとか言ってんだ？　ああそういや、こいつはハデス教徒にもらった毒で身内を殺して領主になったんだっけ。

だから、俺も同じ事をしたと勘違いしたのだろう。こいつは勘違いをしている。ヴァイスとお前が同じはずがないだろうが!!

「なにを言っているんだ。親父が死んだのは本当に偶然だし、俺はフィリスの事は羨ましいとは思ったが憎んではいないぞ。それに……お前は領主になったあとになにをやった？　ちゃんと領民のために働こうと思ったのか？」

「なにを言っているんだ？　僕を認めなかった……馬鹿な弟を領主として認めるような奴らなんてどうなったっていいだろうが!!」

「そこだよ……そこがお前と俺の違いだ……そして、お前は剣術も基礎はできているが、動きが鈍かったな……領主になってからは剣を振るった事はあるのか？」

「くっ……」

俺の言葉にヴァサーゴは悔しそうに口をつぐむ。そう、そこが違いだ……ヴァイスはなんだかんだコンプレックスを背負いながらも努力はしていたのだ。だけど、こいつにはそれがなかった。ただ自分を不幸だと嘆き、楽な方に流されていったのだ。こいつとヴァイスは似ているようで違う。だから俺はこいつを推せなかったのだ。

「でも……」

「あんたが誰だかしらないけど、ヴァイスはすごいし、頑張っているしかっこいいんだから!!」

それでもなお、なにかを言おうとした彼の前にアイギスが割り込んだ。それにロザリア達も続く。

「そうですよ。それにヴァイス様は頑張ってらっしゃるから……一生懸命努力をしているから強いんです。あなたと一緒にしないでください」

「あなたに敵地にいって、誰かを救うような気概があるかしら？　とてもそうは見えないわね」

「くっ……」

彼女達の言葉にヴァサーゴは悔しそうに顔を歪めた。そうして、この戦争は終わり……そう思った時だった。

「まだ戦いは終わってないぞ」

それまで黙っていたヴァサーゴの配下である褐色の男である。その手にはいつの間にか拾っていた魔剣があった。

「はは、よくやった。それを僕によこせぇ!!」

拘束されながらも歓喜の声を上げるヴァサーゴだったが、褐色の男が彼を見る目は冷たい。

まるでごみでも見るような……そんな感じですらある。

「所詮使えぬ領主だな。まだ自分が道化である事に気づいていないのか……」

「貴様はなにを言って……ハデス教徒は僕に従うんじゃないのか!!」

「ふん、元々貴様のような無能は利用するだけに決まっているだろう!! ハデス様の敵と共に死ねる事を誇りに思うのだな!! ハデス様に栄光あれ!!」

褐色のハデス教徒が魔剣を掲げてこちらに向けて振りかぶろうとしている。くっそ、こいつも生命力を犠牲にして放つつもりか!!

てか、ヴァサーゴの奴人望なさすぎだろ。こちらに向けて剣を振るおうとする。まずい……このままじゃ……そう思った時だった。

「往生際が悪いわね。不死鳥よ、我が敵を焼き払いたまえ!!」

アイギスが連れてきた一団にいた赤髪の女性が馬を走らせながら魔法を詠唱すると、鳥の形をした炎がハデス教徒にまとわりついて、一瞬にして消し炭になった。

上級魔法だと……

驚いている俺をよそに彼女の連れらしき紫髪の少女もやってくる。

「戦には勝ったみたいだけど、まだ詰めが甘いわね」

「お久しぶりです、お兄様。魔剣は拾っておきますね」

そういうと二人の女性は仮面とローブを脱ぎすてて俺にあいさつをする。そして、その二人の顔を見た俺は思わず驚愕の声をあげる。

「な……」

だって、魔法を放った赤髪の女性と、俺をお兄様と呼んだ紫髪の女性はゲームでもとてもなじみのある人物だったのだから……。

なんでこの二人がいるんだ？　少なくともゲームでは主人公が、ヴァイスを倒そうとするまではハミルトン領に来る事はなかったはずだ。

「邪教と通じた上に、一騎打ちに横やりまで入れて……本当に救いがないわね……これはハミルトン領に攻め入った理由に関しても、調査が必要かしら……まあ、今頃ダークネスがやってるでしょうけど」

「お前はなんなんだよ!!　なんの権限があって僕にそんな口をきいているんだ。僕は領主だぞ!!」

「ふふ、権限ならあるわよ、ヴァサーゴ＝インクレイ!!　私はスカーレット。十二使徒が一人『煉獄の魔女』と名乗ればあなたもわかるかしら？」

魔法を放った女性が髪をかきあげると、炎のように美しい髪が舞う。意志の強そうな瞳に、ローブの上でもメリハリがわかる起伏の豊かな体の二十歳くらいの美女である。

そして……彼女の言葉を聞いたヴァサーゴの顔が絶望に染まる。

「十二使徒だって……なんでこんなところに……」

「ヴァサーゴ様……もうやめましょう。私達は負けたのです」

なおも暴れようとするヴァサーゴをヴェインが止める。そして、ざわついたのはヴァサーゴ達だけではなかった。わが軍の兵士も敵兵も状況が把握できずに困惑の声があふれる。

「さっきの魔法、あれが『煉獄の魔女』の力か……」

「いや、マジかよ？　こんな辺境に十二使徒がわざわざ来るのか？」

皆がざわつくのも無理はない。ダークネスはあんなんだったが、本来、十二使徒は特別な存在であり、上級貴族くらいすごい存在なのだ。てか、俺だって状況を把握できていないんだよな。なんで王都にいるはずのスカーレットがこんなところにいるんだよ!!

兵士達の本物かどうか信じられないという言葉もわかる。だけど、俺はスカーレットの事を知っている……いや、彼女だけではない、魔剣を片手にこちらをじっと見つめほほ笑んでいる紫髪の少女の事もだ……。

「これはサービスよ、ヴァイス＝ハミルトン」

その言葉と共に捕えられたヴァサーゴと、俺の顔が空に映った。これは……幻惑魔法の応用か!!　声ではなく映像まで戦場に届けるというのは伝令が使う魔法とはレベルがけた外れの難易度なはずだ。それをこんなにあっさりと……。

驚いている俺を見て、にやりと笑う赤髪の女性……スカーレットが目線でさっさとやれとばかりに訴えてくる。

「ああ、ありがとうございます……ヴァサーゴは捕えた!!　ここにて、我らのハミルトン領の勝利を宣言する!!」

そうして、戦場に勝利の雄たけびが響き渡ったのだった。

二章　悪役領主の兄と天才魔法少女と呼ばれた妹

戦争も終わり、色々と戦後の処理をこなしながら数日が経った。あのあともいろいろとあった。

まずはインクレイ領から今回の賠償として多額のお金と領地の一部をもらう事になった。今後のインクレイ領は遠縁の少年がヴェインの指導のもと仮の領主として、統治するらしい。

あとはなぜか知らないが、元三将軍のローゼンがこちらの部下になりたいとやってきた。

そして、手元にある嘆願書に目を通して俺は驚きの声をあげる。

「それにしてもヴェインの忠誠心はすごいな……」

その内容はヴァサーゴの助命だった。あんな事をされたというのに『自分の命はどうなってもいいから、彼を助けてくれ』とあったのだ。

「あいつももっとそういう人達の声を聞けば変わったのかもな……」

ヴェインの忠誠心がロザリアやカイゼルと重なって、少し複雑な気持ちになる。

肝心のヴァサーゴの奴は魔剣の力をつかった代償かろくにおきあがる事もできないようだ。

アステシアの見立てでは、完全に体力が戻ってももうろくに剣は振れないだろうという事だ。

そんなこんなで様々な手続きがあり無茶苦茶忙しかったのだが、ようやく落ち着いたので久々にステータスを確認したのだが……これはなんだろうな……。

ヴァイス＝ハミルトン

職業：領主
通り名：普通の領主
民衆の忠誠度
40→50（戦争の勝利によって兵士達の忠誠度がアップ）

武力50→55（実戦経験によってアップ）
魔力75
技術30

スキル

闇魔術ＬＶ2
剣術ＬＶ2

神霊の力LV1

ユニークスキル

異界の来訪者

異なる世界の存在でありながらその世界の住人に認められたスキル。この世界の人間に認められた事によって、この世界で活動する際のバッドステータスがなくなり、柔軟にこの世界の知識を吸収する事ができる。

二つの心

一つの体に二つの心持っている。魔法を使用する際の精神力が二人分使用可能になる。なお、もう一つの心は完全に眠っている。

推しへの盲信（リープ　オブ　フェース）

主人公がヴァイスならばできるという妄信によって本来は不可能な事が可能になるスキル。神による気まぐれのスキルであり、ヴァイスはこのスキルの存在を知らないし、ステータスを見ても彼には見えない。

神霊に選ばれし者
強い感情を持って神霊と心を通わせたものが手に入れるスキル。対神特攻及びステータスの向上率がアップ。

異神十二使徒の加護　ＮＥＷ
ゼウスでもハデスでもない異界の神に認められた十二人の強者にのみ与えられるスキル。異神の加護によりステータスアップ及び、自分より下の存在に対して命令を下す事が出来る。ヴァイスは異神十二使徒の第二位であり、第三位から第十二位は空位。世界が異神の存在を認識した事によってスキルが目覚めた。

異神とやらに忠誠を誓ったり信仰したりした記憶はないのだが……そもそも、異神なんてゲームには登場しなかったはずだ。考えられるとしたら、俺をこの世界に呼んだあの声だろうか？
「ヴァイス様、来客がいらっしゃいました。大丈夫ですか？」

「ああ、ごめん。ちょっと考え事をしてたんだ」

「色々と大変でしたからね。これが一段落ついたらお休みしましょう。神霊の泉にピクニックにいくのもいいかもしれませんね」

俺の思考はロザリアの言葉によって中断される。まあ、今は考えていても仕方のない事だろう。俺は気を取り直して仕事にかかる事にした。

そして、領主の部屋にやってきたのは予想通りの二人だった。

「それで……今回の戦争にかかわった貴族への賠償金及び、捕虜としたヴァサーゴ＝インクレイの身代金《みのしろきん》をみとめるという書類に印をもらっておいたわ。奴隷売買に関する資料にあなたの父の名前があったから、調査が入ると思うけど……本当に潔白ならば、すぐに終わるはずよ、安心しなさい」

「はい、ありがとうございます。スカーレット様」

戦後の処理の資料をいろいろとまとめてくれたスカーレットに、俺は緊張しながらもお礼を言う。今回の戦争に関しては、相手が複数の貴族を味方にしていた事もあり、本来ならばもっと揉《も》めるような案件だったのだが、十二使徒であるスカーレットが間にはいったおかげで驚くほどスムーズに話が進んだ。誰もが十二使徒を敵に回したくはないのだろう。これなら戦争で戦死した兵士達の家族への補償金や、費用などを払ってもおつりがくるだろう。

彼女にはもう頭が上がらない。ただ。問題はだ……。

「それで……十二使徒であるスカーレット様がこんな僻地《へきち》になにをしに来たのでしょうか？」

「あらあら、可愛い弟子の実家に遊びに来ただけ……じゃあ信じてもらえないかしら？　ねえ、フィリス」

「お疲れ様です。お兄様、ロザリア」

スカーレットにあいさつを促されたフィリスが席を立って、上品にお辞儀をする。結局バタバタしていた事もあり、あの戦場で再会してからちゃんと話すのはこれが初めてである。

いや……俺が無意識に避けていたのかもしれないな……。

「ああ、元気そうでなによりだよ、フィリス」

「魔法学園は楽しめていますか？　フィリス様」

「はい、師匠のおかげで、楽しい生活をさせていていただいています。お兄様も、領主として活躍されているようでよかったです」

ヴァイスとフィリスの関係はあまりよくなかったからか社交辞令的な会話が続く。さっきから胃が痛いのは俺の内なるヴァイスの気持ちと……俺の前世の妹への感情のせいだろう。というか、この子ゲームとキャラが違うんだけど……。

そして、会話が一段落ついた時にスカーレットが、新しい話題をふる。

「それで……ダークネスと一緒にハデス教徒の十二使徒を倒した話や今回の戦争で王級魔法を使ったっていうのは本当かしら？」

「え……？」

鋭い視線で、スカーレットがこちらを見つめてくる。ああ、彼女の目的はこれか……彼女は魔法に関して異常なまでの興味を見せるからな。王級魔法を使える人間は少ない。それで、俺に興味を持ったのか……。

どうするか……本来だったらあまり目立ちたくはないが、ダークネスにはばれているし、今回の件で、ハデス教徒との敵対は決定的なものになった。彼女達十二使徒とは仲良くしておいた方がいいだろう。

問題はフィリスだよなぁ……すました顔をしてロザリアの入れた紅茶を飲んでいる彼女を見て思う。今の俺を彼女はどう思っているのだろうか？

「それで……どうなのよ、めんどくさい書類を手伝ったんですもの。それくらい教えてくれるわよね」

スカーレットが好奇心に満ちたキラキラとした目で見つめてくる。逃がすまいというその圧力に苦笑する。

これはごまかせないな……。

「ええ、本当です。俺は王級魔法を使うことができます。ただ、ここではあれなので中庭でお見せしましょう」

「うふふ、やったー!!　どんなものか楽しみね。あと……もう一つ聞いていいかしら？」

俺の言葉に笑顔になった彼女だが、再び鋭い視線で俺をにらみつける。え、なんか失言あったかな？　てか、スカーレットの顔が真っ赤な気がするんだけど……。

そんな彼女を応援するようにしてフィリスが声をかける。

「師匠、ファイトです!!」

「ええ……その……ダークネスの奴、私の事なんか言ってなかったかしら？」

「「は？」」

予想外の言葉に俺だけじゃなくて、ロザリアまで間の抜けた声を上げてしまった。まって、この人まさか……。

「な、なんでもないわ、今のはなしよ、中庭に行くわよ」

「ああ、師匠、そっちは中庭ではないですよ!!　待ってください。ああ、もう恋愛が絡むとポンコツになるんだから……」

そういって、さっさと出ていくスカーレットと慌てて追いかけるフィリスを見て思う。この二十歳可愛いな!!


「じゃあ、初級魔法を使ってみなさい。あなたの腕前がどんなものか見てあげるわ。そうね……影の手でお手玉でもしてみなさいな」

いつも魔法の特訓をしている中庭についた俺はさっそくスカーレットに魔法を見せるようにと頼まれた。

「ああ……魔法学園の試験内容と同じですね。確か最低ラインが、一本の手で一つの石を持ち上げるでしたっけ？」

「よく知っているじゃないの。結果次第では、あなたを特待生として、私の教室に招いてあげてもいいわよ」

「スカーレット様、申し訳ありません。ヴァイス様は我が領地の大切な領主なのでスカウトは勘弁していただけると嬉しいです」

「ちょっとくらい、いいじゃないのよー!!」

なんとか俺を魔法学園に入学させようとするスカーレットをロザリアがたしなめると、拗ねた顔をして唇を尖《とが》らせた。

ちなみにこの試験はゲームのチュートリアルにあるイベントだ。そこで主人公は魔法の才能を見せつけて、スカーレットにスカウトされるのである。ちなみに主人公の場合はゲームを始める時に最初に好きな属性を選んだりする。羨ましい限りである。

「わかります、やってみますね」

スカーレットは俺が魔法を使うところをじーっと見つめている。よほど期待されているらしい。実の所彼女はゲームでも重要キャラなのである。十二使徒であり、主人公とフィリスの魔法の師匠なのだ。

魔法を上手に使える人間には甘く、ここで王級魔法を使って見せれば彼女の中で俺の存在は大きくなるし、彼女や主人公達の力を借りる事だってできるかもしれない。もう、ゲームとはだいぶ変わってしまっているが、ハデス教徒と敵対している以上、彼らと仲良くしておくためのコネはあるに越した事はない。

「頑張ってくださいね、お兄様」

「ポーションの準備はしてあるので、ご安心ください。ヴァイス様のすごいところを見せてあげてください」

ロザリアはもちろんの事フィリスも応援をしてくれている。この子がなにを考えているかはわからないが、とりあえずは本気を出した方がいいだろう。

「影の腕よ、我に従え!!」

俺の詠唱と共に、影の腕が五本現れ、それが独立したように動いて石を一つずつ拾って、お手玉をしてみせる。訓練は欠かしていないのでロザリアに見せた時よりもだいぶ成長したがどうだろうか？

「ふぅん、制御力は中々やるわね。でも、私はこれくらいなら赤ちゃんの時にはできたわよ」

「師匠……負けず嫌いが過ぎませんか？」

驚いた顔をしたスカーレットのあきらかな嘘にフィリスがつっこみ、俺の方を向くとほほ笑む。

「お兄様……すごいです!!　こんなに器用に魔法を使うのは私でも無理ですね」

「流石です、ヴァイス様。あれからも慢心せずに訓練を続けてくださったのですね!!」

ふふ、やはりヴァイスは優秀なようだ。転生してから毎日可能な限り魔法を使う訓練はしていたからな。威力はわからないが制御力は十分あるのだ。とはいえ、自分よりも優れているフィリスに言われるとちょっともやっとしてしまう。

そして、スカーレットが澄ました顔をしたまま俺の影の手に触れると眉を顰《ひそ》めた。

「まあいいわ、でも、制御力に気を取られすぎて、出力が少ないわね。もっと普通にやっていいわよ」

「え、これが普通ですが……」

スカーレットの言葉に今度は俺が怪訝な顔をする。もちろん、制御には気を遣っているが、別に威力を加減してるわけではない。

「そんなはずは……まあいいわ。じゃあ、ちょっと王級魔法を使って見てくれるかしら。的は……そうね、これを叩きなさい。炎を司《つかさど》る不死鳥よ、その姿を現さん!!」

スカーレットの詠唱と共に現れた炎が火の鳥を模した形になる。これが彼女の上級魔法であり、フィリスが将来受け継ぐ魔法である。あの炎はただの炎ではなく、対象を燃やし尽くすまで、消えないという性質を持つのだ。

ゲームでは毎ターン一定のダメージを与える効果があるので長期戦では重宝したものだ。

それにしてもスカーレットの表情が気になる。俺の魔法はどこかおかしかったのだろうか？

まあいい、結果で納得させればいい。

魔力回復ポーションを飲んだあとに、今頃アステシアに毛づくろいでもされているであろうホワイトの加護を感じながら俺は王級魔法を放つ。

「常闇を司りし姫君を守る剣を我に!!　神喰《かみくい》の剣!!」

俺の影が人の形になり、今にも暴れそうな圧倒的な闇を、剣に宿して火の鳥に斬りかかる。

効果は一瞬だった。王国の頂点に近い魔法使いの魔法とはいえ、上級魔法は上級魔法だ。俺の王級魔法の相手ではなく、火の鳥は一瞬にして、闇に覆われて、悲鳴を上げながら無と化した。

これで合格かなと思うとスカーレットは信じられないものを見たような目をして、ぶつぶつと呟《つぶや》く。

「え？　なんで……この程度の魔力で王級魔法が使えるの？　あの魔力では本来上級魔法だってイメージできないはず……というか、今、別の人間の魔力が補充されたような……でも、どこかいびつだったけど、あれは確かに王級魔法だった……考えられる可能性はなにかしら……それに……普通よりも疲労が大きそうね……つまりは……」

「あのスカーレット様……？」

なにやら俺の魔法を見て、ぶつぶつと呟きはじめた。え？　俺が王級魔法を使えるはずがないってなにを言っているんだ？　実際使ってるんだけど……。

　まあ、ちょっとチートはしているものの今使えるという事はヴァイスならば将来使えるようになるって事だろう？

「ねえ……あなた……もしかして、詠唱後のイメージが自分の脳内に浮かんだんじゃなくて、他人が使った魔法をイメージして魔法をつかったんじゃないかしら」

「え、なんでわかったんですか？」

　スカーレットの言う通り、俺の脳内に浮かんでいるのは中級魔法までだ。あとはゲームでフィリスが使用した時のイメージを使っているのである。

　言い当てられてつい、返事をすると彼女の表情が険しくなる。がっかりされるだろうか？　人によってはズルをしていると感じるかもしれない……と思ったがそれは杞憂だった。

「普通はそんな事はできないんだけど……神獣の加護？　いえ、神獣の契約者にもあった事はあるけど、そんな能力はないはず……メイドさん。ちょっと書斎をかしてくれるかしら。今の状況をメモらないと……ヴァイス君、あなた面白いわね。そんな方法で魔法を使う人間はいままでいなかったわ。また話を聞かせなさい。うふふふふふ、魔法の新しい可能性に立ち会えたわ!!」

　この人むっちゃ早口だな……オタク特有の早口を想像してほしい。そんな感じである。

「え、ちょっとスカーレット様……わかりました。案内しますから。引っ張らないでください。

ヴァイス様、ちゃんとポーションを飲んでくださいねぇぇぇぇぇ」

先ほどまでの顔が嘘のようにぱぁーっと満面の笑みを浮かべ、興奮したスカーレットにロザリアが引っ張られていく。一方的に告げて去って行ってしまった……ロザリアも十二使徒に失礼な事はできないため抵抗できないようだ。

いきなりの事に俺はもちろんの事フィリスも頭を抱えている。

「申し訳ありません、師匠は魔法の事となるとああなってしまうので……」

「ああ……別に気にしなくていいぞ」

そして、俺とフィリスのふたりっきりになってしまった。正直無茶苦茶きまずい。もともとヴァイスは彼女に良い感情抱いていないうえに、フィリスがヴァイスをどう思っているかはゲームではあまり語られていないのだ。

フィリスの設定資料集には『義理の兄はいるが嫌われている』としかない上にゲーム内での会話も、戦う時に正論を語るフィリスを一方的にヴァイスが罵倒しているだけだった。

それに……情けない話だが、フィリスを見つめていると、俺も前世の妹を思い出してしまい胸がもやもやするのだ。とりあえず二人っきりは避けよう。

「じゃあ、館に戻るか……」

「お兄様……よかったら、街を案内していただけませんか？」

「え？」

彼女の予想外の提案に俺は思わず固まってしまった。

俺の精神的な問題もあるし、ヴァイスが破滅するフラグは、グスタフやバルバロに利用されて領地をぐちゃぐちゃにした事が原因とはいえ、最後のとどめを刺したのは、フィリスが主人公を連れてきた事である。

ゲームの時とは違い、領民の忠誠度も徐々にあがってはいるし、アイギスや、アステシアの闇堕ちも防いだ。だけど、物語の強制力のようなものがあるかもしれないし、フィリスと行動してなにかがきっかけで破滅フラグが発生するかわからないので、元々彼女とはあまり関わらずにやり過ごそうと思ったのだが……。

「お兄様がお父様から継いだ領地がどうなっているか興味があるんです。メグの手紙にお父様の時よりも領民に笑顔が増えて、お兄様も領主として頑張っているとありました。だから、お兄様の治めている領地がどのような感じなのか、見てみたいんです。だめでしょうか？」

メグか……そういえばゲームで最初にフィリス達がやってきたのも故郷の使用人達から助けて欲しいという旨の手紙が来て、ハミルトン領を救いに来たって言ってたな。ひょっとしたらゲームのはじまりは彼女の手紙がきっかけだったのかもしれない。

まあ、そんな事はどうでもいい。今はフィリスだ。彼女の対応をどうするか……適当な理由をつけて断ってもいいんだがそれで怪しまれるのも嫌だしな……。

ここまで来たのだ。せっかくだ。好感度を上げ、領地は平和だと安心して帰ってもらった方がいいだろう。俺にはゲーム知識があるからな。その時にフィリスとのデートイベントだってあったんだ。なんとかなるだろう。俺は作戦を変更する事にした。

「ああ、いいぜ。と言っても俺もあまり街の方にはいかないからな……ちょっとぶらつくくらいだけど、いいか？」

「はい、ありがとうございます!!　私は元々街で育っていたのでそこは大丈夫ですよ」

満面の笑みを浮かべるフィリスを見て俺は内心疑問に思う。あれ……もしかして、フィリスとヴァイスってこの時はまだ仲が良かったのか？　でも、ゲーム中でフィリスは兄には嫌われているって言っていたしなぁ……。

あと、ゲームとフィリスの性格が全然違うのも気になるんだよなぁ……。なんというかフィリスは主人公に対してはどちらかというと茶目っ気のあるお姉さんといった感じだったのだ。だけど今の彼女はヴァイスに甘えたがっているようで……。

「さあ、いきましょう、お兄様!!　久々の故郷楽しみです。行ってみたい店もあるんです!!」

「ああ……って引っ張るなよ……ちゃんと行くから!!」

俺はやたらと力いっぱいに腕を引っ張ってくるフィリスに少し困惑しながらも、なんだか悪い気はしなかった。なんだろう……前世でも子供の頃は妹にこんな風に、街を連れまわされた事があったなって……なぜか懐かしくなったのだった。

戦争に勝利して給金を配ったからか、今回の戦争に参加した兵士達もよく見られ、市場は中々にぎわっていた。なん人かの兵士ともすれ違い……俺を見て笑みを浮かべ、横にいるフィリスを見て困惑しながら挨拶をして去って行くというのが何回も見られた。

やっぱりヴァイスとフィリスはあんまり仲良くなかったんだなぁ……ますます、誘ってきた理由がわからん。もしかして、昔っからの恨みを晴らすために暗殺……とかじゃないよな。アイギスとアステシアとのファーストコンタクトを思い出すとまったくないとも言えずちょっと体が震えてきた。

「お兄様は兵士の人達にも慕われているのですね」

「ん？　ああ、一緒に戦ったりしているとやっぱり命を預け合っているからな。自然と仲良くなるんだよ」

「そうなんですね……良かったです」

「良かったっていうのは、どういう事だ？」

俺が聞くと、フィリスはなぜか少し緊張気味に答える。

「お兄様が領主になって……そして、みんなに慕われていて私も嬉しいんです。すいません、私はなにもしていないのに生意気ですね……」

「いや、嬉しいよ。そう言ってもらえると、フィリスにも認められたみたいでさ」

そんな風に社交的に返事をするが俺の内心は穏やかではない。ヴァイスの気持ちだろうか？　さっきからフィリスと会話をするたびに、モヤっとするが、この気持ちは痛いほどわかってしまう。

多分、フィリスは本当に俺を褒めてくれているのだ。だけど……いまだにヴァイスは彼女にほめられる事を受け入れる事ができないのだろう。

わかるよ……ヴァイス……俺もそうだったからさ。

前世の時にたまたまテストで満点を取った時の事を思い出す。あの時は妹が珍しく話しかけて来て、『兄貴すごいじゃん』と言ってくれたのだ。だけど劣等感に満ちていた俺はその言葉をちゃんと受け入れる事ができなかった。

ヴァイスもフィリスの誉《ほ》め言葉を受け入れられないのだろう。

「……」

考え事をしてしまったなと思っているとなぜか、フィリスもきょとんとした顔をしていた。

俺が怪訝な顔をしているのに気づくと、彼女は慌てて頬をかいて誤魔化すように口を開く。

「すいません、お兄様にそんな事を言ってもらえるなんて思っていなかったので……」

そして周囲を見回して嬉しそうに言った。

「みんな幸せそうでなによりです。ほらあそこの屋台には色々と、珍しいものが……」

フィリスが話題を変えようと、屋台に吊《つ》るされている味のついた肉の塊……前世でいうケバブのようなものを指さした時だった。「くぅーーー」と可愛らしい音がなり、彼女の顔が真っ赤に染まる。

「ああ、違うんです。普段はこんなはしたない事はですね……」

「あー、俺も腹減ったし食べるか？　すまない、これを二人分くれ」

そんな年相応の姿を見るとなぜか、もやもやが薄れた気がする。そうだ……この子はフィリスだ。俺の妹ではないのだ。そう言い聞かせ、俺はお金を払って店主に注文をする。お客もけっこういるようで様々な人間が立ち食いをしながらしゃべっていた。美味《おい》しそうだなって思っていると、フィリスがなぜか慌てる。

「でも、お兄様……こんなところで食べるのは貴族っぽくないって叱られてしまいますよ」

「なにを言ってるんだよ。今ここで一番偉いのは俺だぜ。それにこういうのは外で食べるのが美味しいんだよ」

「そうですね……はい。私は……知っています」

俺が雑に盛られた肉のかけらを渡すと、彼女は嬉しそうに笑って食べ始める。まあ、彼女は貴族っぽく上品に澄ましているが、元々孤児院の出身だから、お上品な貴族の料理よりもこういうのが好きなのだ。

そのことはゲームで主人公とこんな風に市場を歩いている時に、発覚して仲良くなるっていうイベントでもあった。

確かその時の選択肢は……。

1．別に僕の前では気を遣わなくていいんだよ。

2．この肉美味しいよね、もっといる？

3．貴族の女の子が、こういうの好きっていうのいいね、ギャップ萌《も》えーーー!!

だったな。もちろん俺が選ぶのは……。

「別に俺の前では気を遣わなくていいんだぞ」

俺がそう言うと、彼女はゲームと同様にちょっと照れくさそうに笑……わなかった。なぜか目を大きく見開いて……その目から涙がこぼれそうになる。

「え？　俺なんか変な事を言って……」

「ああ、違うんです……ちょっとお肉が辛かったみたいですね。あははは。それよりもあそこのお店にもいってみませんか。結構美味しいんですよ」

そう言うと顔を隠すようにして彼女は困惑している俺を余所《よそ》に、いつぞや、俺とロザリアが顔を出したお店のほうへと向かう。つくづく不思議な縁があるものだなと思う。

「いらっしゃーい、お、フィリスちゃん帰ってたのか？　それに……いつぞやのあんちゃんじゃないか？　なんで一緒にいるんだ……もしかしてあんちゃんもヴァイス様の関係者だったのか？」

「店主さん、この方は……」

「フィリス。いいんだ」

俺の正体を話そうとするフィリスを制止する。今更変にかしこまられても嫌だしな……。こそこそと話している俺達を見て店主が不安そうにささやく。

「まさかとは思うが、この前の事をヴァイス様には言ってないよな。俺は処刑されたくないぞ!!」

「ああ、言っていないから安心してくれ。それに領主様もそれくらいで怒ったりはしないだろうさ。それよりも、店主、おススメを二人分頼む」

「あいよーー」

冷や汗を流している店主に苦笑しながら答える。フィリスとは顔見知りで、ちゃんと領主の義妹だと知っているようだ。

だから、この前の会話が俺に伝わっていないかビビっているのだろう。まあ、誰にも言っていないので嘘は言っていない。

「そんな……これくらい私が払いますよ」

「気にするな。金ならたくさんあるしな。それよりも、ここには結構来てたのか?」

兄と妹が一緒にきているのだ。こういう時は兄が払うものだろう。前世ではあまり記憶はなかったが……そう思うと少し、胸がチクリとうずいたのは気のせいだろうか。

「はい、その……恥ずかしながら上品に食べるも良いのですが、こういう風にみんなでワイワイ食べるのも好きなんですよ。そんな事を言っていたらメグが連れて来てくれたんです」

「そうか、確かにメグと一緒にいれば騒がしさは保証されるな……」

俺がこれまでの彼女のハイテンションを思い出して、ちょっとげんなりしていると、フィリスが初めてクスリと笑った。

「もう……そんな言い方をしたらかわいそうじゃないですか、あの子はいつも楽しそうで、一緒にいると元気になるんです。そうそう、ちょうどあんな感じで……あれ？」

「そこで我が領主ヴァイス様が魔剣を持つ敵領主にキメ顔で言ったそうです!!『お前ごときゴミクズが神に愛されし、俺に勝てると思ったか!!己の愚かさを悔いて死ね!!影よ、わが怨敵を食らいつくすがいい!!』と」

「あー、確かにこの喋り方はメグっぽいな……いや、メグだろ!!」

屋台の傍で人だかりの中からした聞きなれた声に、俺とフィリスは間の抜けた顔をして、目を合わせる。この時間は普通に屋敷で働いているはずなんだが……てか、俺そんな厨二《ちゅうに》くさい事を言ってねーよ。頭ダークネスか？

俺とフィリスがひとごみをかきわけていくと、そこにはビールの入ったコップを左手に、肉串を右手に装備し楽しそうに騒いでいるメイドがいた。

おひねりなのか、彼女の周りには銅貨が散らばっている。

「おい、メグなにやってんだ？」

「あれーー、ヴァイス様とフィリス様じゃないですか、お二人ともなにをやっているんですか？　領主のお仕事をさぼっちゃだめですよ」

「いや、お前にだけは言われたくないんだが!!」

「え？　この人がヴァイス様!?」

メグが楽しそうなテンションのままふざけた事を言いやがる。ロザリアにあとでいいつけてやろっと。後ろで店主が悲鳴にも近い声を上げたが気にしない。

そして、彼女を囲んでいた人々は俺達を興味深そうに見つめる。だけど……その視線には悪い感情ではないようだ。メグがこうして俺の事を色々と話してくれているからかもな……と内心感謝をする。

フィリスが苦笑しながらもメグに話しかける。

「相変わらず元気そうでなによりです。メグ」

「そりゃあ、私の取り柄は元気とこの可愛らしいルックスですからね!!　当たり前です。それにしても……珍しい……本当に珍しい組み合わせですね。せっかくです。店長、ＶＩＰルームに案内してください!!　この二人はＶＩＰですよ、超ＶＩＰです!!　だってうちの領主とその妹ですからね!!」

「ああ、もちろんだ。あの……ヴァイス様……先ほどは失礼を……」

こちらが申し訳なくなるほど、かしこまる店主に俺は苦笑する。別に気にしていないというのにな……そして……メグは俺達を見てなぜか嬉しそうに笑った。

「気にしないでくれ。そしてこれからも、以前と同じように接してくれた方が嬉しいな。みんな……せっかくの酒盛りを中断させて申し訳ない。お詫びと言ってはなんだが、ここは俺がおごろう。戦勝記念だ、好きなだけ食って好きなだけ騒ぐといい」

「わぁぁーヴァイス様最高!!」

「よくわからないけど騒ぐぞーーただ酒だぁぁーー!!」

そんな風にみんなが騒ぐなか俺達はＶＩＰルームという名のテーブルがあるだけの隅っこの席へと向かった。

ちなみにここで俺の正体がばれた事によって、後程店主がお詫びとばかりに肉串を持ってきて、それが料理長の目にもとまり、ヴァイス生誕祭で公式のお店として出店する事になるのは少し先の話である。


「わぁ、ごちそうですねぇ」

メグの歓声の通り鳥や豚、牛などの肉串が皿にずらりと並べられており、お酒の入った樽《たる》がおかれた席で俺とフィリス、そして、メグが向かい合っていた。

領主の俺に気を遣ってか、フォークとナイフまで用意されている。店主には今度正式に詫《わ》びよう。そう思っていると、上品に食器を使って肉串の肉を取り分けようとしているフィリスが目に留まった。

「フィリス……ここは公共の場じゃないんだ。好きなように食べていいんだぞ。そのまま食べる方が好きだろ？」

「お兄様、食器を用意していただいたんです。そんなはしたない真似はできませんよ」

すました顔で、フィリスが答えるとメグが悪戯心《いたずらごころ》に満ちた笑顔を浮かべた。

「またまたー、いつもは私と一緒に屋台で串を手でつかんで、ビールを楽しんでるじゃないですか!!　なにを気取ってるんです？」

「ちょっと、メグ!!　お兄様、これは違うんですよ。これはですね……」

「気にするなって、ここは館じゃないし、教育係もいないんだ。好きなように食えって」

俺は手本を見せるように素手で串を取って肉をほおばる。塩が振りかけられただけの雑な調理の肉を嚙むと肉汁が出て来て幸せに包まれる。

無茶苦茶うまいな!!　これぞファンタジー飯である。

前世の祭りの屋台で食べているような気分である。しかし、屋台に置いてる松坂牛って絶対松坂牛じゃないよな……嚙《か》み切れないもん……。

「お兄様……ありがとうございます。では、遠慮なく……」

俺につられてというわけでないだろうがフィリスも同様に肉をほおばると無茶苦茶幸せそう

な笑顔を浮かべる。

やはり、ヒロインなだけあって、その姿は可愛いらしいな。

「ほら……ヴァイス様も元に戻ったって言ったでしょう？」

「そうですね……メグの言う通りみたいです……昔に戻ったみたい……」

どこか偉そうに胸を張るメグに頷きながら、嬉しそうに俺に笑顔を向けるフィリス。その瞳には懐かしさが宿っているのがわかる。

どうしたというのだろうか……？

「そうそう、だからずっと手紙で書いてた事もおねがいしちゃいましょうよ」

「ちょっとメグ、だめですって!!」

「ねぇ、ヴァイス様。あなたがさぼっていた事を内緒にしておいてあげますから、私のお願いを聞いてくれますか？」

メグの言葉にフィリスが慌てて止めようとするがもう遅い。一体なにを頼まれるかと身構えていると、予想外の言葉が待っていた。

「あのですね、フィリス様はお兄ちゃんに甘えたいらしいんです!!　だから、久々に帰ってきた彼女をたーっぷり甘えさせてくれませんか？」

「もう……メグのバカ……お兄様……聞かなかった事にしてください……」

俺は満足げなメグと、顔を覆っているが真っ赤になっているのをごまかすようにして酒をかっくらうフィリスに困惑をするのだった。

それを見て思う、俺はヴァイスとフィリスの関係性をなにか勘違いしていたんではないのかと……。

★★

どうしてこうなってしまったんだろうか……所々から火と煙があふれ出し、崩壊しつつある屋敷で私は過去を悔いていた。

スカーレット師匠に誘われて、邪教が蔓延《はびこ》るこの国を救うという革命軍に入り、私が最初に救おうとしたのが、養子として引き取られた故郷であるハミルトン領だった。一縷《いちる》の望みをかけて兄に手紙を書いたものの、返事は来ず……圧政に耐えかねていた領民達は私達を歓迎し、悪徳領主を倒せと立ち上がった。いや、立ち上がってしまった。

「立派な魔法使いになりましたね。フィリス様」

屋敷の隠し通路から逃げた兄の元へと向かう道を防ぐのは一人のメイドである。彼女は私達革命軍を一人で圧倒し、先に進ませないようにしているのだ。

その表情は屋敷で一緒に暮らしていた時のように優しい笑みを浮かべている。

「ロザリア、どうしてもここは通していただけないでしょうか？　私は兄と……」

「ヴァイス様はあなたとはお話をする気はありません。そして……私も通す気はありませんよ。あなたは彼らの心に火をつけた。ならば責任を取らなければなりません」

「それは……」

彼女の視線は私とその仲間達を見つめている。だけど、その顔には不思議と私を責めるような表情は無かった。

「おそらく私が間違ってるのでしょう。ヴァイス様を止めるべきだったのでしょう。ですが、私は腐っていくあの人を止める事ができなかった。辛いと泣きそうになっても努力していたあの人に、もっと頑張れなんて口が裂けても言えなかった。だから決めたのです。あの人を止める事はできなかったけど、あの人の事は絶対守るのだと」

彼女はどこか悲し気に、だけど、誇らしげにそう言った。もう限界なのだろう轟音と共に柱の一つが崩れ落ちる。

私とロザリアの間に屋根の一部が落下する。それは……まるで、私と、ロザリアの未来を象徴しているようで嫌だった。

「ロザリア……お願いです、武器を収めてください!!　ここはもう……」

「それはできません、あなたと……隣の方はヴァイス様を追いつめるつもりはありませんが、他の方もそうとは限りませんからね」

ロザリアが言っているのはここの領民から兵士になった者だろう。中には恋人を理不尽に奪われたものもいる。税を払えず奴隷のような扱いを受けた者もいる。彼らは今にも兄を追いかけて襲いかかりそうだ。そして、今の私には彼らを止めるだけの力はない。

私がロザリアに駆け寄ろうとすると、隣にいる金髪の青年に腕を摑《つか》まれる。

「フィリス、ここはもう、危ない。逃げよう」

「でも……ロザリア……私は……」

「いいんですよ、フィリス様。間違っていたのは私達なのですから……金髪の方、フィリス様をお願いします。彼女は優しく才能にあふれる女性です。ちょっとやんちゃな所もありますが、とても優しくて可愛らしい御方なんですよ」

「ロザリア――!!」

その言葉を最後に館が崩壊していき、落ちてくる瓦礫《がれき》によってロザリアの姿が見えなくなる。

そんな彼女を背に私達は急いで脱出する。

私は思うのだ。もっと兄とコミュニケーションをとっておけば……あんな事を言わなければよかった……私と兄の関係が決定的にこじれた出来事を思いだす。

そして……あのあとでもしっかりと話し合えばもっと結果はちがったのではないだろうか？

★★

俺は背中にちょっと重い荷物を持ちながら帰路についていた。隣にはメグが上機嫌で鼻歌を歌いながら歩いており、背中からは「すぴー」という可愛らしい寝息が聞こえる。

「いやー役得ですね、ヴァイス様、こんな美少女をおんぶできるなんて!!」

「いや、義理とはいえ妹だぞ。嬉しくないっての。てか、酒は強くないのにあんなに飲むから……」

「いたたまれなくなったんでしょうねぇ。でも……あれが本音ですよ」

メグは先ほどの出来事を思い出したのかくすくす笑う。

あのあと、顔を真っ赤にしたフィリスは誤魔化すようにお酒を一気に口にして、そのまま酔い潰れたのだ。放っておくわけにもいかず、こうして背負っているのである。もちろん食べかけの肉はメグが持って帰っている。使用人達でおいしくいただくらしい。

「本音か……俺はてっきり嫌われていると思っていたんだけどな……」

ゲームでも、フィリスがヴァイスの事を思い出したり、言及する事はほとんどない。最初の戦いでヴァイスと会った時も、「降伏してください」というフィリスの言葉をヴァイスが拒絶し罵倒すると、フィリスはつらそうに顔を歪めるだけだったからな。仲の悪い兄妹《きょうだい》という印象が強かった。

あれでヴァイスはフィリスファンを敵に回したのだ。だけど……俺は優れた妹を持つ彼のコンプレックスに気づき共感したのだ。自分よりも優れた妹がお前は間違っていると言うのだ。

それが正論であっても認める事は本当に耐えがたかっただろう。

「ううん……」

思わず力が入ってしまったのだろう。背中のフィリスがちょっと苦しそうに声を上げたのに気づき、俺は慌ててかかえている腕の力を弱める。

そんな様子を興味深そうに見ていたメグは笑顔を浮かべたまま言った。

「嫌ってなんていませんよ。館にいた時はどうやったらまた仲良くなれるか相談されてましたし、魔法学園にいる時も手紙でヴァイス様の近況を聞いてきてたんです。可愛い妹でしょう？」

冗談っぽく笑っているがメグの目は珍しく真剣そのものだ。その様子から本当なのだろうという事がわかる。それは俺にとっても意外な事で、なんと答えればいいかわからない。

そう言えば……前世の妹を子供の頃にこんな風におんぶしていた事もあったな……そんな事がなぜか思い出された。あの時はまだあいつも幼くて……俺もちゃんとお兄ちゃんをできていたのだ。

黙っている俺に答えを急かす事もせず、メグは別の話題をふってきた。

「そういえばヴァイス様の本命ってだれなんですか？　最近女の子をはべらしているじゃないですか!!」

「は？」

予想外の言葉に俺は思わず間の抜けた声を上げてしまった。いきなりなにを言っているんだ、こいつ。

「いつも一緒にいて、支えてくれたロザリアか、はたまた気は強いけど、ヴァイス様には心を許しているアイギス様か、最近やってきて彼女ヅラをしているアステシアさんか。ねー、誰なんですか、ヴァイス様!!」

「誰ってなぁ……そもそもアイギスは子供だぜ」

「いやいや、なにを言っているんですか!! ヴァイス様ともそんなに年齢は離れてませんし、貴族だったらあの年齢でも結婚するなんてよくある話ですよ!! 四十歳くらいの脂ぎったおっさんが、十歳くらいの幼女と……とか普通にありますからね。でも、アイギス様が年齢で考えられないって事は他の二人はありなんですね?」

俺はやたらと楽しそうなメグに言葉を詰まらせる。正直そんな事を考えている余裕がなかった。流石にアイギスはまだ十三歳くらいだから無いだろう。だって中学生だぜ。異性としては見られないし、前世だったら犯罪である。まあ、将来は美女になるのは確定しているのだが……。

「俺の好きな人か……」

ロザリアもアステシアも魅力的な女性である。俺のタイプで推しはアステシアなのだが、ヴァイスとロザリアのカップリング推し派としては、ヴァイスとアステシアのカップリングは解釈違いなんだよな……。

「おやおや、意外と真剣に考えているようですね、ヴァイス様。ロザリアとかヴァイス様が好きだって告白すれば、すぐにオッケーしてくれそうじゃないですか。私的にはお勧めですよ」

「いや、俺とロザリアはそういうんじゃないっての」

彼女のあれは忠誠心にすぎないだろう……いや、本当にそうなのか？　少し前に見たステータスが頭をよぎる。

「ちなみにメグもフリーですよ!!　器が大きいので私が本命ではなくても大丈夫です。むしろ第三夫人くらいが気楽でいいですねー。むしろ、その代わり食べるのに困らないだけのお金をくだされればほかになん人女を作ろうがなにも文句も言いませんよ、できた女の子でしょう？」

「お前な……」

俺が呆れた様子で呻くと、彼女は再び真剣な顔になる。

「今、ヴァイス様は昔と違い他の人の事も考えられるようになっていますよね。だったら……フィリス様の事も少しでも考えてくださると嬉しいです。フィリス様があなたに言った事は確かに許せない事だったかもしれません。だけど……彼女はそれをずっと悔いていました。許してくれとはいいません。話をする機会をあげてくれないでしょうか？」

「メグ……」

俺にはヴァイスが言われた言葉というのがわからない。だけど不思議と想像はできた。それは天才であるが故の無意識な一言……それがヴァイスを傷つけたのだ。そして、俺にもその経験がある。ヴァイスではない俺の中の深い部分がずきりと痛む。

俺はメグの言葉に答えずに聞き返す。

「なあ、メグはなんでそんなにフィリスを大事に想っているんだ？」

普通メイドと主人というものはここまで深入りをしないものだ。彼女とフィリスとの関係はまるで俺とロザリアの様だ。

「実はですね、私とフィリス様は……同じ孤児院の出身なんですよ。ぞくに言う幼馴染《おさななじみ》ってやつです。だからここで再会した時は驚きました」

メグは俺に背負われているフィリスを大事そうに見つめる。

「ずっと、こっそりと愚痴とか言い合ったりしていたんですよ。いい事も悪い事も話していました。だから、フィリスがどう思っているっていうのも……実は結構甘えん坊でヴァイス様に甘えたがっていたって事も知っているんです」

本当なのだろうか？　ロザリアもそんな事は言っていなかったし、兵士達も俺とフィリスは仲が悪いと思っていたようだ。ヴァイスの感情もそれを示している。

だけど……俺にはヴァイスの気持ちはわかるが、フィリスの気持ちはわからない。前世の妹の気持ちがわからなかった俺にはフィリスの気持ちはわからない。だから、なにが正しいのかなんてわからないのだ。

「ううん……お兄ちゃん……会いたかったよぉ……」

それは寝言だったのだろう。お兄様ではなくお兄ちゃんという言葉が俺の脳内を刺激する。

俺の妹にもこんな風に甘えてくる時期はあったのだ。いつからだろう、仲が悪くなったのは……違う、俺が拒絶したのだ。俺はあいつをわかろうとしなかったのだ。

ズキリズキリと俺の胸が痛む。

この痛みはなんだ？　ヴァイスの痛みなのか、それとも俺自身の……そんな事を思っていると館についてしまった。そして、心配そうに玄関の前で待っていたロザリアと目があった。

「ヴァイス様とフィリス様……？　それにメグまで」

フィリスを背負っている俺を見て、ロザリアが信じられないとばかりに目を見開いた。

「えへへ、デートしてきました」

「いや、デートじゃないだろ。急いでフィリスの部屋にあるベッドの準備をしてあげてくれ」

俺は心の中にモヤモヤを抱えたまま、そう言ってフィリスを部屋まで運ぼうとしたが、ロザリアがじっとこちらを見つめているのに気づく。

「ヴァイス様……」

「どうしたんだ？　ああ、仕事をさぼっていて悪かった。すぐやるよ」

俺が仕事をほっぽって街へ出た事を謝るとそうじゃないとばかりに彼女は首を横に振った。

「いえ、そんな事はどうでもいいんです。私はあなたの味方です。辛かったらなんでも話を聞きます。それだけは覚えておいてくださいね」

「ああ……それは知っているが……」

彼女が味方だという事はこれまでの事もあり、知っている。今更そんな事をいう彼女に怪訝な顔をしたまま俺はフィリスを部屋まで運び、仕事に戻るのだった。

仕事を終えて、俺はベッドに横たわる。なにかもやもやとしたものがずっとはれないでいる。フィリスとヴァイスになにがあったっていうんだろうか？

とりあえず体を休めようと目を瞑《つぶ》ると転生した時に響いた声がきこえてきた。

『ふふ、君は予想以上に運命をかき乱してくれたからね、これはサービスだよ。君の闇と向き合う機会を上げよう』

その一言と共に俺の意識は闇へと飲まれていった。

★★

私がハミルトン家に引き取られたのは八歳の時だった。孤児院で年少の子達に魔法を見せていたら、いつの間にか噂になっていたらしく、様子を見に来た貴族によって引き取られる事になったのだ。

その貴族いわく、私の才能はすさまじいものであり、これだけの才能があれば王都でも活躍できるだろうという事で私はハミルトン家の一員になった。家族というものを知らなかった私は、家族ができるという事で、楽しみにしていたのはここだけの話だ。

「お前にはまずは、貴族としての作法と礼儀を学んでもらう。ハミルトン家の一員として恥じない行いをしろ」

「はい、お父様」

そう言って、私の貴族としての生活が始まった。だがそれは私の思い描いていた生活とは全然違った。服を着るのもご飯を食べるのも全てが礼儀や作法が大事。

ここに来てからは礼儀の勉強と魔法の修行ばかりだった。父は私の生活よりも魔法の訓練の結果が気になるようで、聞いてくる事と言えば魔法の修行の成果ばかりだった。兄もいたけれど、食事の時に二言、三言話すくらいだった。

「ご飯が美味しいですね、お兄様」

「ああ、そうだな……」

この前の食事の時の会話なんてこんなものである。せっかく家族を手に入れたのに、私の思い描いている物とは全然違ったのだ。ご飯だって、孤児院の時よりも豪華なはずなのに、全然美味しくない。こんな事だったら孤児院のみんなと暮らしていた方がよかったと後悔してしまう。

唯一の救いは私の幼馴染のメグが、メイド見習いとして入ってきた事だろう。気が詰まった時は彼女を部屋に呼んでよくおしゃべりをしたものだ。

「もう、貴族の生活なんて嫌だよ。ナイフやフォークを使うのもつかれるし、お食事中も会話が無くて、気を遣うし味がしないよう」

いつものように愚痴っていると、メグは「ふっふっふ」と不敵な笑みを浮かべて、なにやら紙袋に包まれたものを取り出した。香ばしい香りが私を刺激する。

「じゃじゃーん!!　そう思って、なんと買い物のついでに肉串をかってきましたよ!!　孤児院にいた時はお店のおじさんをじーっと見つめて、根負けするのを待って「仕方ねえなぁ」ってかけらをもらって喜んでいたあの肉串です!!」

「え、ずっと食べたかったあの肉串なの!!　食べていいの!?」

「はい、一緒に食べましょう!!」

そうして、私とメグは礼儀も作法も無視して、串についたお肉を食べる。そのお肉はもう冷めていて少し硬かったけれど、屋敷にやってきてから食べたもので一番美味しかった。

「でも、フィリス様。領主様はわかりませんけど、ヴァイス様はあなたの事を気にしていると思いますよ。だって、私に色々と聞いてきましたし……」

「え？　一体なにを聞いてきたの？」

「えへへ、秘密ですー。でも、少しくらい頼ってみたらどうですか？　お兄ちゃんって感じで」

そんな事を話しながらメグのおかげで私は館での生活をかろうじて楽しめていた。正直兄が私の事を気にしているなんて、予想外だった。きっとあっちは私になんて興味がないと思っていたから……。

ある日私がいつものように自室にこもって勉強をしている時だった。規則正しいノック音が響き私はびくりとしてしまう。だって、メグのノックはもっと適当だからだ……一体誰なのだろうと思ってびくびくしながら扉を開けると、お兄様とそのおつきのメイド……ロザリアが立っていた。

彼が私の元に来るなんて、初めての事で私の身体《からだ》はこわばってしまう。

「どうされましたか、お兄様？」

「あー、そのあれだ……えーと」

「頑張ってください、ヴァイス様!! この時のために準備をしたんでしょう」

なにやらモゴモゴ言っている兄をロザリアが励ましている。すると彼は顔を真っ赤にして、紙袋を私に手渡した。その中身は……クリームたっぷりのケーキである。孤児院の時は食べたかったけど、高価でとてもではないが手に入れる事ができなかったものだ。一体どうして……？

「あー。その……誕生日おめでとう、フィリス」

「え、私の誕生日は半年後ですが……」

「はーーーー!? あのメイドふざけんなよ、俺を騙しやがったな!!」

「まあまあ、ヴァイス様の気持ちはフィリス様には伝わってますよ」

頭を抱えて叫ぶお兄様をロザリアが宥《なだ》めている。その姿が普段の澄ました感じや、貴族っぽさとギャップがあり、思わず大声をあげて笑ってしまった。

「あはははは」

すると、二人の視線が私に集中する。ああ、やってしまった。下品だと、品が無いと叱られる。身構える私を待っていたのは予想外の言葉だった。

お兄様はかすかに笑みを浮かべながら言った。

「なんだ、笑えるんじゃないか。そっちの方が元気そうでいいな。いつもの澄ました感じだと、とっつきにくいからな」

「え……ですが……こういうのは貴族っぽくないのでは……」

私の言葉にお兄様は少し気恥しそうに頬をかいていった。

「あー、まあ、父上の教育方針もわかる。普段の言動にこそ、貴族の品格はあらわれるからな。でも……別に俺の前では気を遣わなくていいんだぞ。その……俺達は家族なんだからな」

「お兄様……」

私はその言葉が嬉しくて、思わず涙があふれてくる。ぶっきらぼうだけど優しさのこもった言葉に胸が熱くなる。

「ヴァイス様、ちゃんといえましたね。流石です!! ずっと、どう仲良くなればいいって私やメグに相談してましたからね。では、ケーキを切り分けましょうか。せっかくです、ちょっといい茶葉を使ってお茶を淹《い》れてきましょう」

「しょうがないだろうが、俺だっていきなり妹ですって言われて混乱していたんだよ!!」

そんな風に話す二人をみて、私は再び笑い声をあげてしまった。それから私は皆の前では、これまで通り礼儀正しく……ロザリアや、お兄様、もちろんメグといる時は砕けた感じで話すようになった。

そして、メグの言う通り、お兄様は頼られるとまんざらでもないのか、私が色々と聞くとめんどくさそうな顔をしながらも、いつも丁寧に教えてくれて、それがとっても嬉しかったのだ。

「お兄ちゃん、こういう場合はどうすればいいのかな?」

「仕方のない奴だな……まあいい、いずれお前も領主となる俺を補佐するんだ。ちゃんと覚えておけよ」

といった感じである。領主になるために色々と勉強をしていたお兄様の教えはとてもわかりやすく、的確だった。

そして、魔法に関しても、いつもの練習の他にお兄様と一緒にロザリアと習ったりすると、不思議といつも以上に身につくのだった。

ここまでは私は幸せだった。父があんな事を言うまでは……。

あの日からなん年もたって、私は貴族としてのふるまいも身につき、魔法のレベルも順調に上がっていった時だった。珍しく父の部屋に呼ばれたのである。

「お父様、失礼いたします」

規則正しいノックをしたあとに扉を開けると、そこにはお兄様がいた。だけど、お兄様の顔はなぜか蒼白《そうはく》だ。大丈夫だろうか？

「フィリス。お前の家庭教師から聞いたぞ。三属性の中級魔法をつかえるようになったらしいな」

「はい、ありがとうございます。先生の教えが良いおかげです」

そう、私は本当に魔法の才能があったようで、先生も驚くほど成長していったのだ。それには、将来兄をサポートするためにと、目標ができた事も大きいだろう。

その結果に父も珍しく笑みをうかべている。

「それでな……フィリスには魔法学園に行ってもらう事にする」

「え……魔法学園に行くのはお兄様では……」

魔法学園に入るにはかなりのお金がいるし、王都での生活費もかかると聞く。我がハミルトン領はそこまで裕福ではないので、行けるのは一人が限界だろうと言われていた。

それでも入るものが絶えないのはその教育レベルの高さと、得られる人脈、そして、卒業したというステータスである。そのため魔法が得意な貴族は領主になる人間を入学させると聞いていた。

だから、学校に行くのはお兄様だと思っていたのに……。

「ふん、こいつよりもお前の方が魔法の才能があるからな。もう決定した事だ。これからも研鑽《けんさん》に励め」

そう言うと父は話が終わったとばかりに仕事に戻ってしまい追い出される形になった。私は……私と兄はそのまま無言で部屋を出て行くしかできなかった。

つらそうな顔をしている兄が心配で私は声をかけてしまう。話しかけられるのを拒絶しているというのがわかっていてもなにかせずにはいられなかったのだ。

「お兄様……お兄様!!」

呆然《ぼうぜん》とした様子の兄に必死に声をかけると、彼は力なく笑った。

「はは、良かったじゃないか、魔法学園に行けば出世間違いなしだ。このまま行けば領主を任されるのはお前かもな……さすがはハミルトンの天才魔女様だよ」

自虐的に笑う兄はまだ、この時にはかろうじて正気だったのだと思う。皮肉気ではあったが、私への敵意は無かった。だけど、私も冷静ではなかったのだろう。このあと、私は兄に嫌われまいと致命的な一言を言ってしまった。

「安心してください、お兄様……私は領主になんてなりません。そんなものには興味は無いのですから……」

だって、私はお兄様の下で働きたいと思っているのですから、私はそう言いたかった。けれど、その言葉を言う機会はなかった。

「はっははは、そうかよ、お前は俺が欲しかったものを簡単に手に入れられるのに、そんなものには興味が無いってか!!　そうだよなぁ、お前の力があればこんな地方領主ではなくもっと上を……十二使徒だって目指せるかもしれないもんなぁ!!」

「違うんです、お兄様。私は本当にお兄様が領主にふさわしいのだと……」

パァンと乾いた音がして、手に痛みが走る。お兄様に差し出した手を弾《はじ》かれたのだ。信じられないとばかりにお兄様を見つめると、彼は見た事もない怒りに満ちていた表情で私を睨んでいた。

「憐《あわれ》みか？　同情か？　ふざけるな!!　俺はお前に領主の座を恵んでもらうほど落ちぶれてはいない。あんまり俺を馬鹿にするなよ!!」

「あ……あ……」

それは明確な拒絶だった。それがショックで違うんです、本心なんですという言葉は出てこなかった。涙をためながら手を伸ばしたが、兄はそれを無視して、さっさと自室の方へと戻っていってしまった。そして、それが私と兄が決定的に道を違えたきっかけだった。

それ以来私が兄の部屋を訪れる事はなくなり、私は逃げるようにして、魔法学園へと行った。メグから領地の状況は定期的に手紙で、聞いていたものの、また拒絶されるのが怖くて逃げていたのだ。

そして、メグから兄が昔のように戻ったと聞き、師匠がハミルトン領に行くから案内をしろと言ったのでついていく事にしたのだ。こんどこそちゃんと話そう。そう胸に誓いながら……。

★★

「今のは……フィリスの記憶なのか？」

フィリスをベッドに運んだあと、就寝した俺だったが、胸の中のモヤモヤしたものがあるせいか変な夢を見てしまった。

「やたらとリアリティがあったな。もしかしてあれがヴァイスとフィリスの過去なのか？」

転生してからこういう不思議な事は何度かあった。おそらく、俺を転生させた神の力なのだろう。

そうだとしたら……メグから聞いた言葉が胸に刺さる。そして……その言葉は前世で優秀な妹から逃げていたという事実を否《いや》が応《おう》でも思い出させるのだ。

もしかして……あいつもそうだったのかな？

そんな、確かめる事の出来ない思考が頭をよぎる。皆が寝静まった深夜、厨房《ちゅうぼう》に行くとロザリアと会った。

「ヴァイス様……？　こんな時間にどうされたんですか？」

「ロザリアか、こんな時間まで仕事か大変だな。悪いがちょっと寝付けなくてさ。水をもらえるか？」

「なるほど……」

彼女は仕込みをしていた手を止めて、俺の方を向くと一瞬なにかを考えて、笑顔を浮かべた。

「ヴァイス様はなにかをお悩みのようですね、でしたらハーブティーを淹れますね」

「いや、そんな悪いだろ？　ロザリアだって眠らないとだし……」

「気になさないでください。それとここではあれですので、私の部屋でゆっくり飲みましょう」

「は……？　いや、流石にロザリアとはいえ深夜に女性の部屋に行くのは……」

「大丈夫ですから……ね？」

彼女は俺の腕をつかんで逃がすまいとする。いつになく強引なロザリアである。もしかして、ヴァイスは定期的にロザリアの部屋でリラックスしていたのか？　いや、それはなさそうなんだよな……そうおもいながらも俺は結局彼女に押し切られるのだった。


ロザリアの部屋は使用人の部屋らしく、小さいテーブルと一人用のベッドに、わずかな私物が置いてあるシンプルな部屋である。強いてあげれば目立つのは壁に飾られている槍だろうか？　なんで部屋にと思ったが冒険者の時の癖で手元にないとなにやら落ち着かないらしい。

「今お茶を淹れますから、ベッドに腰掛け少しお待ちください」

そう言うと彼女は慣れた手つきでカップにハーブティーを注ぐ。俺がその様子を見ながらベッドに腰掛けると、ふわりと甘い香りが舞う。これはロザリアの香りだ……。

いつぞや、彼女に抱き着いた時を思い出して恥ずかしくなってきた。今の俺、絶対顔が赤いだろうなぁ……てか、俺は彼女の部屋で二人っきりなんだよな……昼間にメグと話した事が思い出されて余計彼女を異性と意識してしまう。

「それで……フィリス様となにがあったんですか？」

「え？」

それは完全に不意打ちだった。彼女はいつものように笑顔を浮かべながらカップを俺の前のテーブルに置き世間話をするかのように聞いてきた。

「いや、特には……」

「私はヴァイス様をずっと見てきました。だから、わかるんです。フィリス様を背負っている時になにか悩んでいましたよね？　人に話すだけでも楽になりますよ。それとも……私ではヴァイス様の話し相手になれませんか？」

彼女が優しく微笑み、首をかしげる。その様子はいつもと同じだけど……その瞳には強い意志が籠っており、まるで、頼ってくださいと言うかのように彼女は俺の手をやさしく包む。

「そんな事はない。だけど、多分俺の悩みはロザリアには意味の分からない……変な事だぜ。フィリスも関係ないよ」

厳密にいえば、フィリスというよりもこれは俺の前世からの悩みである。彼女に言っても意味は分からないだろうと思う。だけど彼女は俺に諭すように言う。

「いいんです。私に意味はわからないかもしれないですけど、それでもお話を聞きたいんです。あなたの力になりたいんです」

「ロザリア……」

うるんだ瞳で、そんな風に見つめられ黙っている事ができる人間がいるだろうか？　俺を真摯に心配してくれている彼女の目に……全てを受け入れてくれそうな表情に思わず甘えてしまう。

「変な事を言うぜ。そのさ……俺はさ……昔、とある人物に嫉妬しちゃって、そいつが俺を馬鹿にしているって思っちゃってろくに会話もしなかったんだ。しかも、それだけじゃない。俺は……そいつが俺に歩み寄ろうとしてきたのに、ひどい言葉を言って拒絶して……傷つけちゃったんだ」

あれは……俺が高校の時にたまたまテストで百点を取った時だった。両親に自慢をしていたら妹も会話に入ってきて「へえ、兄貴もすごいじゃん」と口を挟んだのだ。今思えばあいつはあいつなりに気まずくなった俺とコミュニケーションを取ろうとしていたのだろう。だけど、俺はバカにされたと思ってしまった。そう、思い込んでしまいひどい言葉を言ったのだ。

あの時の実の妹の顔と、夢で見たフィリスの顔がかさなってみえてしまうのだ。だからか、俺の胸のもやもやがどんどん大きくなってくるのだ。

「なるほど……ヴァイス様はその方に悪い事をしたと思っているのですね、でしたらきちんと謝るのはどうでしょうか？」

「そうだな……それができたらいいんだけどさ。もう会えないんだよ。それに……今、同じような関係の奴がいて……そいつにもひどい事を言ってしまうかもしれないって思うと怖くなっちゃうんだ」

俺は自分の情けない心情をロザリアに吐露する。彼女はヴァイスと同じ世界の人間だ。だから俺の言っているもう会えない奴の事とか正直意味がわからないだろう。なにを言っているんだろうと思っているかもしれない。それでもつい甘えてしまった。

ああ、そうだ……俺はこの気持ちを誰かに言いたかったんだ。ただ話を聞いてほしかったんだ……そんな簡単な事に今更気づく。

きっと彼女はきょとんとしているだろう。そう思うと彼女の顔を見るのが怖い……などとも思っていると布ずれの音と共に、なにやら柔らかいものに顔が包まれる。

立ち上がり、こちらにやってきたロザリアに抱きしめられたのだ。

「ロザリア……？」

「ヴァイス様は後悔しているのですね……ですが、私は後悔も失敗も悪い事だとは思いません。人はそういう経験をして成長するんです。本当に悪いのは失敗を失敗と思わずに、自分は悪くないと目を背ける事ですよ。だから……ヴァイス様はすごいです」

「でも、でもさ、俺は傷つけたんだ‼　それにそいつにはもう謝る事ができないんだよ‼　その上、俺はそいつに似た奴にも、同じような事をしてしまいそうなんだ‼　そいつを見るたびにもやもやが止まらなくなるんだよ‼　俺はすごくなんかない。ただの屑《くず》なんだよ‼」

あまりに優しいロザリアの言葉に俺は弱音と本音を吐く。声は涙声でかすれているだろう。ああ、そうだ。俺はフィリスに会って、ヴァイスの劣等感に直に触れて、そして過去を思い出してしまった。あんなに推しを幸せにするって言っていたのに……俺は自分の事となるとこんなに弱いんだ。

いまだにフィリスを見ると妹を思い出してしまう。劣等感がよみがえってきてひどい事を言ってしまいそうで怖くなる。

「そうですね……確かにその人は傷ついたかもしれません。でも、ヴァイス様はその人を傷つけたって事に気づけたじゃないですか。それだけ苦しんでいるって事は、もう、傷つけたくないって思っているんでしょう？　だったら大丈夫ですよ、ヴァイス様は……後悔して色々悩んでいるんでしょう？　その人には会えないかもしれませんが、次、同じ事をしなければいいんです。ヴァイス様はその……傷つけてしまった方と似た人には今なにをしたいんですか？」

「色々と話したい……そして、謝りたい……傷つけた事とか、ひどい事を言った事とか……」

もちろん、フィリスと実の妹は別の人間だ。だからこそ、これは俺の自己満足だ。だけど……それでも俺は謝りたかった。ヴァイスは俺とは違いまだ謝れるのだ。だから、俺は謝って話をしたかった。自分勝手かもしれないけど、俺はフィリスと仲直りがしたかったのだ。

「だったら謝りましょう。話し合いましょう。大丈夫です。もしも一人だと怖かったら私もついていきます。私だけじゃないです。アステシアさんもアイギス様だってついてきてくれますよ。だから、できる事からやってみましょう」

「ありがとう……ロザリア……」

「えへへ、いっぱい頼ってくださいね。私はあなたの味方ですから」

俺が感謝の言葉を漏らすとぎゅーと力強く、だけど、やさしく抱き締めてくれる。彼女の温かい人肌と柔らかい感触、そして甘い匂いは心地よく、俺はしばらくされるがままにしているのだった。

「その……迷惑をかけたな……」

ロザリアの胸元から顔を離した俺は少し気恥しさを誤魔化すように目を逸《そ》らしながら、彼女から距離をとる。柔らかい感触が遠ざかるのが寂しいがいつまでもこうしてもいられないからな。

「迷惑だなんて……そんな事ありません。だって、私はヴァイス様に頼られるのが嬉しいんですよ。一番つらいのは頼られない事ですから……」

「ロザリア……」

「逃げたくなった時は、逃げていいんです。その代わり、今度から逃げるのはお酒じゃなくて、私に逃げてくださいね。いつでもうけとめますから」

そういうと彼女は微笑む。彼女が言っているのは領主になったばかりで酒におぼれていた時だろう。きっと彼女も後悔していたのだ。俺にもう一歩、歩み寄らなかった事に……。

だから今回は多少強引にでも話を聞くために自分の部屋につれてきたのだろう。先ほどの言葉は自分にも言い聞かせていたのかもしれない。

「ああ、遠慮なく甘えさせてもらうよ。だけどなんだかロザリアには恥ずかしいところを見せてばかりだな」

俺は羞恥の気持ちを誤魔化すように笑うと、彼女はなぜか自分の指から指輪を外して、手のひらに置いた。怪訝な顔をしている俺を横にそれを見つめる。

「私ですね……時々不安になったり、寂しくなった時はこうやってヴァイス様からいただいたこの指輪をジーッと眺めているんです。そうするとなんだか落ち着いてくるんです」

「え？　ああ……」

彼女の意図が分からず俺は適当な返事になってしまう。てか、俺からのプレゼントを大事にしてくれていて無茶苦茶嬉しいがなんて返せばいいんだ？

と思っていると彼女は顔を真っ赤にして、再び指に指輪をはめる。

「その……ヴァイス様が恥ずかしがっていたので、私も恥ずかしい秘密を教えようかなと思ったのですけど……変でした？」

「いや、その……可愛いな」

「もう、からかわないでください!!」

そう言って顔を真っ赤にするロザリアを見ているとなんだか元気が出てきた。ああ、くっそ、本当に最高だな。このメイドは……弱っている俺に気づき、声をかけてくれる上に元気づけてくれる。

そこまで言われたのだ……俺だって逃げるわけにはいかない。

「ロザリア、ありがとう……その、また失敗したりへこんだりしたらこうして弱音を吐きに来ていいか？」

「はい、もちろんです!!」

俺の言葉に彼女は嬉しそうに返事をしてくれた。そして、俺は彼女に再度礼を言って部屋を出る。こうなったらやる事は一つだ。フィリスと……向き合うのだ。

そして、俺は浮かれていたのだろう。普段だったらこんなミスはしないはずだった。ロザリアの部屋から出た時にちょうど廊下を通っていたメグと目があってしまい……彼女は一瞬目を見開いて驚いていたがにやーーと笑った。

「流石です、ヴァイス様……けしかけた私がいうのもあれですが、即座に行動にうつすとは流石ですね、ヴァイス様、略してさすヴァイです!!」

「いや、ちょっと待て絶対誤解しているだろう。なあ!!」

「いえいえ、深夜に男女が密会してやる事なんて一つですからね、安心してください。私は口が堅いメイドとして有名ですから」

「ぜったいうそだぁぁぁ!!」

結局このあとメグをおっかけて、肉串をおごる事で口止めする羽目になった。


翌朝、起きると不思議なくらい心がすっきりとしていた。色々と吐き出す事が出来たからだろうか。ロザリアには感謝をしないとな……と思っていると、テーブルの上に液体の入った瓶と、可愛らしい字で書かれた手紙が置いてあった。

『昨日具合が悪そうだったから、精神安定剤を調合しておいたわ。ちゃんと飲みなさい』

アステシアか……すっかり心配をさせてしまったなと嬉しく思うと同時に、あれ、なんであいつ俺の部屋に普通に入ってきてんの？　鍵をかけていたはずなんだけど……寝る前はなかったよな……という疑問が頭をよぎる。

緊急時のために合鍵は渡してあるが、まるで合鍵を渡したら彼女ヅラをする女友達みたいじゃない？

「まあいいか、推しに心配をされるのは嬉しいし」

さっそく口にすると、以外にも甘みがあって美味しい。そして、心なしかさらに精神が落ち着いてきた気がする。今ならいけるかもしれないな……。

「ホワイト」

「きゅーきゅー♪」

着替え終わった俺が、呼び掛けるとベッドに横たわっていたホワイトが嬉しそうに、鳴きながら飛びついてきたので、頭を撫でてやる。うん、さらに癒された。

そして、大きく深呼吸をして、俺はとある人物の部屋の前に行きノックをする。規則正しい音が響いたあと、扉が開いて、寝ぼけ眼の少女が顔を出した。

「うーん、メグ……朝ごはんには少し早くないでしょうか……って、あれ、お兄様!? なんで、ここに……」

意外な訪問客に慌てているフィリスに苦笑する。寝起きなのだろう髪の毛がぴょんとはねている。ああ、そうだよ……こいつの魔法の才能はやばい、だけど、年相応の少女で……俺の義理の妹でもあるんだ。

「その……昨日は本当に失礼しました。あと、メグが言っていた事は忘れてくださって結構ですからね!!」

言い訳を並べるフィリスを見てメグの言った事が正しかったと確信する。だからさ……甘えたいっていうんなら、ちゃんと甘えさせてやろう。

「忘れていいのか？　俺は久々にまた、お兄ちゃんって呼んでもらいたいし、甘えて欲しいんだけどな」

「え……お兄様……？」

困惑と嬉しさが浮かんだ表情でフィリスは俺を見つめる。まあ、昨日の今日で、態度が変わったのだ、当たり前だろう。そして、関係を再構築するのは一方的ではいけない。彼女の中の……ヴァイスとの間に残る気まずさも払拭しなければいけない。

「お兄ちゃんにさ、魔法をみせてくれよ。魔法学園で習った魔法をさ」

「ですが……」

「もう、大丈夫だから。頼むよ。フィリスの頑張りを見たいし、俺の頑張りも見てほしいんだ」

俺の言葉に彼女は、しばらく悩んだのちに頷いてくれた。


フィリスが着替え終わったら合流するとの事なので、先に中庭につくと、なぜかロザリアが立っていた。しかも、その近くのテーブルにはポットとカップが三つほど置いてあり、ホワイトが気持ちよさそうに寝そべっている。

「ロザリア、ホワイト……なんで」

「きゅーきゅー♪」

「昨日のヴァイス様を見ていて、すぐに行動されると思ったので……流石ですね、ヴァイス様。昨日と同様、リラックスできるハーブティーです。魔法を使う前にお飲みください」

「流石なのはロザリアだよ……敵《かな》わないな……」

俺の決意は彼女にはお見通しだったらしい。昨日あんな風に抱き着いたため少し意識してしまい顔が赤くなる。ああ、本当にこのメイドは俺の事を信頼しているうえに理解しすぎだろ……それがとても嬉しい。

そして、彼女の笑顔を見ていると頑張れる、そんな気持ちになってくるのだ。

「お兄様、お待たせいたしました」

「あなた達二人の魔法の練習を見られるなんて楽しみね。出し惜しみは許さないわよ!!」

やってきたのはフィリスだけではなくなぜかスカーレットもいた。俺の視線に気づいたのか、フィリスは申し訳なさそうに俺に頭を下げて、耳元で囁く。

「すいません、中庭に向かう時に師匠に見つかってしまって、どうしてもついていくと聞かなくて……魔法の事となると夢中になってしまいますし、あまり冷たくすると拗ねるんです」

「拗ねるって……」

「具体的に言うと、ずっとふくれっつらで、半日ほど私が話しかけても聞こえないふりをします」

子供かな？　ちょっと、想像すると可愛いけど、弟子としては大変そうである。まあ、そうはいっても彼女も、フィリスの事を心から心配しているのだろう。魔法云々《うんぬん》は口実なのかもしれない。

ゲームでも、彼女は主人公とフィリスを守るために命を落としたくらいなのだから……。

「じゃあ、フィリスの魔法をみせてもらおうか、魔法学園での特訓の成果はどんな感じだ？お前の全力を見せてくれ。せっかくだから闇属性で頼む」

「わかりました、お兄様」

「うふふふ、楽しみね。早く見せてみなさい。さっき教えた方法を使うのよ!!」

フィリスが少し緊張した様子で一歩前に出るのを、スカーレットは目を輝かせながら激励する。むっちゃ楽しそうだな、この人。

フィリスはゲーム開始時で、全属性の中級魔法を使えたはずだ。今の俺がゲームの知識を使って無理やり使うというチート無しでは闇魔法しか中級魔法を使用できない事を考えると本当に天才なのだろう。

「影の騎士よ……」

「違うでしょう、フィリス。今のあなたなら……ヴァイスが使用した魔法の裏道を知ったあなたならばもう一つ上をイメージできるでしょう？」

「それは……」

詠唱途中の魔法が霧散して、そのまま消え去る。そして、スカーレットの言葉を聞いたフィリスが泣きそうな顔で俺を見つめる。それはヴァイスに領主になりたくないと言った時の顔であり、俺が志望していた大学を、滑り止めにしていたというのがバレた前世の妹の顔と被る。

ああ、そうか、お前らは決して俺を……俺達を馬鹿にしていたわけじゃないんだな……気を遣っていたんだな……。そんな、簡単な事にも気づけなかったんだ……。

彼女にそんな顔をさせてしまったのは俺やヴァイスの態度だったんだろう。だから、俺はフィリスを優しく見つめて、言い聞かせる。

「大丈夫だ、フィリス」

ヴァイスが俺と同じならば、フィリスに対して抱いている感情は憎しみだけではなかったはずだ。だったら俺が救われるだけじゃない。彼女も救わなければいけない。そうするには彼女の全力を見た上で、俺が気にしていないという事……そして、俺だってやれるんだって事を見せる必要があるだろう。

「ですがお兄様……」

決別した時の事を思い出しているのか、なおも不安そうなフィリスに言葉を重ねる。

「俺を信じろ。お前の本気を見せてくれ」

「……わかりました。お兄様」

俺の言葉に彼女は頷いて……詠唱を始める。

「影の暴君よ、その腕をもって我の敵を襲え!!」

そうして、解き放たれた影の獣は、俺が作るものよりもはるかに強力で、精密だった。

彼女の影が獣を模して、目の前にある大きい木を引き裂く。その光景に俺とロザリアは驚愕し、スカーレットは感嘆の笑みを浮かべていた。

「うふふ、流石ね、フィリス。やはりあなたはすごいわ。たった一回で上級魔法を完璧に使いこなすんだもの」

「……ありがとうございます」

そう、俺とロザリアが驚愕したのは彼女が上級魔法を使ったのもあるが、それ以上に使いこなしていたからだ。俺がゲーム知識を使用して放つ上級魔法に比べてその練度がかなり高い。

彼女が参考にしたのは魔法学園の教師だろうか？　俺が王級魔法を使用した時の話を参考に彼女もまた誰かの魔法をイメージしたのだろう。まさしく天才である。

だが、ロザリアに情けなく甘えたおかげだろうか。不思議と俺の胸にモヤモヤはなかった。

ゲームではこの段階では上級魔法を使えなかったはずなのに、俺の真似をして使いこなすのは流石はフィリスといったところだろう。だけど、それが才能だけではないという事は今の俺ならばよくわかる。これは努力をせずに使えるようなものでは無い。彼女は教師の魔法をよく見て、魔法の鍛錬を続けていたのだろう。だからこそ、今の俺と同様に覚えていないはずの上級魔法が使えたのだ。

そして、それは俺の前世の妹も同じだったのだろう。俺よりも要領よく勉強ができていたが、決して努力をしていなかったわけではないのだ。

「フィリス……」

「はい、なんでしょうか、お兄様」

俺が呼び掛けると、彼女は一瞬びくりと震え、恐る恐るこちらを見つめてきた。スカーレットがそれを怪訝な顔で見つめ、ロザリアは俺に信じてますとばかりに微笑みを向けてくる。

「すごいじゃないか、流石は俺の義妹だ。学校でも頑張ってたんだな」

俺は笑顔を浮かべながら優しく彼女の髪を撫でる。ヴァイスとしても久々に触れるその髪の毛はとてもサラサラで触り心地が良い。

「あ……え……う……」

最初はまたびくりとしていた彼女だったが、変なうめき声をあげ……そして俺はちょっとした衝撃に襲われた。フィリスが抱き着いてきたのだ。

そして、俺の胸元に顔をうずめながら、くぐもった声をあげる。

「はい、私頑張ったんです。私には魔法しかないから……だから、一杯頑張ったんです。褒めてください……自慢の妹だって言って下さい、お兄ちゃん」

「ああ、お前は偉いよ。本当にすごい……俺の妹だ」

俺の胸元で半泣きになっているフィリスを落ち着かせようと優しく撫でてやる。柔らかい感触と、甘い匂いがなんとも心地よい。

「うふふ、良かったですね……ヴァイス様、フィリス様」

「え……なにが起きているの？　なんで、フィリスは泣いているのよ？」

ロザリアが嬉しそうに頷き、スカーレットはなにがおきているのかわからず困惑している。てか、フィリスってメインヒロインの一人なだけあって可愛いんだよな……こんな風に無防備な姿を見せられると変な気持ちになってしまいそうである。いや、落ち着けって、俺はおにいちゃんだぞ!!　そうお兄ちゃんなのだ。だったら……お兄ちゃんらしいところも見せてやらないとな。

「今度は俺の番だな、スカーレット様。俺の魔法もお見せしましょう。可能ならば的を作っていただきたいのですが……」

胸元のフィリスが少し寂しそうな顔をしながらも、俺から離れる。ヴァイス……ロザリア……そして、俺をこの世界に転生させたなに者かよ、ありがとう。お前達のおかげで俺は妹を認める事ができた。

「へぇー、その顔なにかを掴んだのね。見せてみなさい」

俺の言葉にスカーレットが満面の笑みを浮かべて炎の鳥を出す。炎の上級魔法であり、対象を焼き払うまで消える事の無い魔の炎だ。

それはまるで彼女に仕えるかのように指示通りに動き、俺の前を舞う。

「フィリス、ありがとう。俺の魔法はお前のおかげで一歩前進したよ。お兄ちゃんの力を見せてやるよ。ホワイト!!」

「きゅーーー!!」

俺の掛け声とともにそれまで大人しくしていたホワイトが鼓舞するように鳴いた。そして、俺はいつものように……だけど、いつもより鮮明に王級魔法をイメージする。

俺は今までゲームで闇魔法を見ただけだった。だけど、今は違う、フィリスが本物の……ゲームではない闇魔法を見せてくれたのだ。イメージを修正し、より緻密に繊細にイメージを固めると、どっと疲労感が襲い掛かってくる。

俺は信頼しきった顔で俺を見守ってくれているロザリアを見て、内なるヴァイスに語り掛ける。

確かにフィリスは天才だ……だけど、俺は一人じゃない。ヴァイスがいて、ロザリアが信じてくれて……これまでの経験がある。だったら……フィリスにだって負けられないよなぁ!!

尽きた魔力を補充するように、心の中から力が湧き上がってくる。そして……俺は真の意味で王級魔法を理解した。

「常闇を司りし姫君よ、我にしたがい、その力を振るえ!!」

詠唱と共に、俺の影が力を変え、巨大な人影と化す。そして、その影は自らの身体を帯のように伸ばし、火の鳥を包むとその生命力を一瞬にして喰らい尽くした。

「これが本当の王級魔法なんだな……」

今までの俺は王級魔法を武器などに宿して無理やり制御する事しかできなかった。だけど、今は違う。俺の傍にいる影はまるで王に仕える配下のように頭を垂れている。これまでは力に飲まれそうになり、かろうじて使っていたというのに、まるで手足のように思うがままだ。

ああ、俺は完全に王級魔法を使いこなしたのだ。

俺の胸の中にすさまじい達成感に満たされる。みんなの反応はどうだろう……と思っているとなぜか、押し黙ってる。

あれ、俺なんかやっちゃいました？

「流石です。お兄様……まさか、ここまで王級魔法を使いこなせるなんて……」

「おめでとうございます、ヴァイス様。でも、あんまり無茶をしてはいけませんよ」

と思っていたら興奮した様子で、フィリスとロザリアがかけよってくる。リアルさすおにいただきました!!　そして、スカーレットはというと……なにやら震えている。

「あの……スカーレット様」

「あなた、やっぱりうちに来るべきよ!!　この短期間でこんなにも成長するなんて……まあ、私の方がすごいんだけどね!!」

「申し訳ありませんが、ヴァイス様は領主なので……」

荒い息をしてすさまじい勢いでこちらにせまってきたスカーレットをロザリアが割り込んで

おしとどめる。やはり身体能力は彼女の方が上の様だ。

そして、俺はフィリスに声をかける。

「どうだ、お兄ちゃんはすごいだろ？　だから、お前も遠慮なく全力を出していいんだぞ」

「……はい!!」

俺の言葉にフィリスは嬉しそうに返事をして笑顔を浮かべた。

これで今まで通りの日常が戻るだろう。

しばらくは、戦争も起きないだろうし、あとはハデス教徒を警戒しつつ、なんとか民衆の忠誠度を上げなければな。あとは……せっかくだし、フィリスとちょっとお茶とかして色々とはなしてもいいかもな。王都の事とか気になるし……。

そう思った時だった。息を切らしたカイゼルがこちらにむかってやってくる。一体なにがあったというのだ？

「ヴァイス様、大変です!!　例の魔物の巣から大量の魔物が現れたそうです。スタンピードの前兆だそうです」

その一言で場の空気が凍った。

ヴァイス＝ハミルトン

職業：領主
通り名：普通の領主
民衆の忠誠度
50→55（メグの噂話《うわさばなし》がひろがった事により、街の住人の忠誠度がアップ）

武力55
魔力75→80（闇魔法のレベルが上がった事により魔力が上昇）
技術30→40（魔法を完全に理解した事によってアップ）

スキル

闇魔術LV2→LV3
剣術LV2
神霊の力LV1

ユニークスキル

異界の来訪者
　異なる世界の存在でありながらその世界の住人に認められたスキル。この世界の人間に認められた事によって、この世界で活動する際のバッドステータスがなくなり、柔軟にこの世界の知識を吸収する事ができる。

二つの心
　一つの体に二つの心持っている。魔法を使用する際の精神力が二人分使用可能になる。なお、もう一つの心は完全に眠っている。

推しへの盲信（リープ　オブ　フェース）
　主人公がヴァイスならばできるという妄信によって本来は不可能な事が可能になるスキル。神による気まぐれのスキルであり、ヴァイスはこのスキルの存在を知らないし、ステータスを見ても彼には見えない。

神霊に選ばれし者
　強い感情を持って神霊と心を通わせたものが手に入れるスキル。対神特攻及びステータスの向上率がアップ。

異神十二使徒の加護

ゼウスでもハデスでもない異界の神に認められた十二人の強者にのみ与えられるスキル。異神の加護にステータスアップ及び、自分より下の存在に対して命令を下す事が出来る。

ヴァイスは異神十二使徒の第二位であり、第三位から第十二位は空位。世界が異神の存在を認識した事によってスキルが目覚めた。

三章　新たなる脅威

ここはハミルトン領の魔物が発生している地域にあるとあるダンジョンの内部である。

立ち入り禁止の看板を無視して二人と一匹の影が入っていた。

「ザイン様ぁ、ダンジョンってなんでこうも湿っぽいんすかね？　早く家に帰ってペット達をモフモフしたいっす」

「スターク……文句を言うなっての……でもそうだなぁ……こっちに来て教えてもらったお菓子のレシピを試したいんだよな。子供達もきっと喜んでくれるだろう」

スタークはペットを、ザインはいつも可愛がっている孤児院の子供の事を思いながらため息をつく。今回の遠征はかなり長い事もあり、軽いホームシックにかかっているのだ。

「それにしても、ヴァサーゴの奴使えなかったすね。戦力はヴァイス達を上回っていて、魔剣も使って負けるとか……あんだけお膳立てしてもらって、なにやってんだよって感じっすよ。やっぱりハデス様の加護がない奴は生きてる価値ないっすね」

「まあ、元々利用するための領主だからな。適度に無能で自尊心だけは高いのを狙っているんだ。仕方ないだろ……それにしてもお前の加護は本当にすごいな……俺いらなくないか？」

「えっへっへ、そりゃあ、ハデス様から頂いた加護ですからね。これくらい朝飯前っすよ」

ザインがあたりを見回しながら褒めると、スタークは照れくさそうに頬をかく。魔物があふれるダンジョンだというのに、周りの魔物達全てが、まるで神を称えるかのように頭を垂れているのだ。

これがザインのハデスから授かった加護『テイム』である。彼の能力は強力で、射程範囲に入った魔物全てを従える事ができる。すでに四つのダンジョンの魔物を従えているというのに、その力は衰える事を知らないようだ。

しばらく歩くと、スタークの相棒の魔狼が声を上げる。

「ワォーン」

「ああ、お腹《なか》すいたのか？　負けたせいで異教徒達をろくに食わせてやれなかったからなぁ……」

「ワォーン!!」

「うーん、まじかぁ……確かに女っぽいが、鱗《うろこ》には気をつけろよ？」

じゃれるようにスタークに甘える魔狼に苦笑しながら、撫でる。そして、指をパチンと鳴らすと、それまで頭を下げていたラミアという下半身が蛇の女形《おやま》の魔物が起き上がった。

「無抵抗に食われろ」

「……」

その一言で、感情の無い目をしたラミアはそのまま、自らの喉元を見せつけるようにして魔狼の元へと進む。すると、その白い喉に魔狼が食いついた。

「……」

血しぶきまき散らしながらも悲鳴一つあげずにラミアは魔狼に喰われている。そんな異常な光景だというのに二人はなに事もない様子で雑談を始める。

「エミレーリオ様のあとは誰が十二使徒になるんすかね、やっぱりザイン様じゃないっすか？　ぶっちゃけ、戦闘力で言ったら、ハデス教徒の中でも二十番くらいじゃないっすか」

「そんなにほめてもお菓子しかでないぞ……って、二十番じゃ、十二使徒に入れねーじゃねーか、馬鹿にしてんだろ!!」

「あ、ばれました？　ひぃぃぃぃ、命だけはお助けを!!」

ザインが拳を上げると、わざとらしく悲鳴を上げるスターク。魔物が大量に出るダンジョンだというのに緊張感もかけらもないが、彼らにとっては魔物なんて恐怖の対象にすらならないのだ。

「だいたい、俺は十二使徒なんて器じゃねーよ、こうして、任務をこなして子供達に土産話をしたり、そこで得たレシピでお菓子をつくってやったりする。それでいいんだよ……」

「そうですねぇ……わかりますわ。俺もこいつらが食うに困らないだけの餌を稼げれば満足ですからね。ああ、ここのボスをテイムしたら適当に、村を襲わせて、餌をたくさん用意しないと……」

「お前な……魔物を暴れさせるのはいいけど、ちゃんと俺の分も残しておけよ。異教徒どもを殺してなぶって、子供達に武勇伝を話してやりたいからな。ふふ、あいつらもいつかハデス様のために戦うんだ。楽しみだなぁ」

二人は楽しそうに未来を話し合う。

そして、スタークがテイムした魔物とザインが暴れ周辺の村を襲う事によって、ヴァイスの民衆の忠誠度が下がるのが正史。

だが、世界はとある存在によって、既に別の歴史へと動きを見せていた。

「シャー――!!」

彼らの声に誘われたのか、ラミアの血しぶきに誘われたのか、奥深くにいるはずのリザードキングがやってきたようだ。

リザードキングはリザードマンというトカゲのように全身がうろこで覆われた人型の魔物の上位種である。

きらびやかな虹色の鱗に通常のリザードマンの二倍はあろうかという巨大な体躯《たいく》に、冒険者が使用していたものを奪ったのだろう、錆《さ》びついた剣を右手に握っている。

放たれるプレッシャーからこいつがここの魔物を支配している強力な魔物だという事がわかる。

予想以上の獲物に、スタークは思わず歓喜の声を上げた。

「こりゃあ、大物だ!!」

「そんなにすごいのか？」

「ええ、リザードキングは魔物の中でも強力な個体なんすよ。それにこの鱗はですね、斬撃はおろか、魔法も弾くんです。おまけにこいつは虹色で見栄えもいい。良いコレクションになりますぜ」

ザインの質問にスタークが興奮気味に答える。

正面から戦ったら十二使徒でも苦戦をするだろうが、そんな魔物に対してもスタークは余裕のある笑みを浮かべたままであった。

「ラッキー、奥までいかないで済んだぜ。従え!!」

スタークがいつものようにテイムをしようとすると、違和感があった。

なんだこれは……すでに他の存在に支配をされている……？

「おい、どうしたんだ。変な顔をして？　こいつをテイムしたらさっさと……」

「気を付けてください、ザインさ……」

ぐしゃりとなにかが潰れる音がして、あたりに血が舞う。スタークが言葉を言い切る前にリザードキングの剣がザインを潰したのだ。

「は……え？　は……？」

信じられない光景にスタークの思考が停止する。

やばいやばい、なんで、俺のテイムがきかない？　てか、ザインさんが反応できないってどれだけだよ。

「きゃうーん!!」

「ダメだ、こっちにくるんじゃない!!」

主の危機を察知したらしき、魔狼がリザードキングに襲い掛かり、あっさりと返り討ちにあって押し潰された。

剣を振るった時にリザードキングの身に着けた鱗の間から、なにやらタコの触手みたいなものが生えているのが見える。まるで、リザードキングに寄生しているようなそれを見て、スタークは嫌悪感と同時に本能的な恐怖を感じる。

なんだ、こいつは……。

「なんでだよぉぉ、俺達がなにをしたっていうんだよ。ただ魔物どもを殺したり、異教徒どもを拷問したり、生きたまま食わせたりしただけだろ。なにが悪いっていうんだよ。助けてくれ、ハデス様ぁぁぁぁ!!」

意味の分からない恐怖に襲われ、足は震えて満足に動けず、スタークはこちらへと近づいてくるリザードキングに悲鳴を上げる事しかできなかった。そして、そのまま彼はリザードキングの一撃で絶命した。

「「ーーーーー!!」」

そして、ダンジョン中で魔物達の雄たけびが響く。テイムをされていた不快感に対する反発である。「人間を殺せ殺せ」と多種多様な魔物達が叫び声をあげる。

彼らからすればハデス教徒もそのほかも関係ない。人間は人間である。

そして、彼らは、憎き人間達に対して進軍をはじめるのだった。そう、もっとも近くにあるハミルトン領のとある村を目指して……。

★★

カイゼルからの報告を聞いた俺は手土産を片手に、急いでとある場所へと向かって馬車を走らせていた。ゲームではもっと先のはずなのに、もうスタンピードが来るのかよ!!

なぜだ？　俺達の戦争が魔物達を刺激したのか？

「ヴァイス様、カイゼルによる魔物撃退部隊の編制及び、アステシアさん経由でアンジェラへの協力要請の手配は済ませました」

「ああ、ありがとう」

馬車の中でロザリアの報告を聞きながらも、これからどう戦うかを考える。

「なぜ、ヴァイス様自らがブラッディ家に向かうのですか？」

「ああ、流石にわが軍も連戦はきついからな。援軍を頼もうと思ってな」

「その……狙いはわかりますが、ラインハルト様やアイギス様とは懇意にされているとはいえ断られる可能性もあるかと……」

ロザリアの不安ももっともである。今回の戦争でブラッディ家は中立を決め込んだ。アイギスが援軍に来てくれたがあれは彼女の独断だろう。

そして、断られる可能性がある援軍の願いに行くよりも俺が領地でやる事はあるのではとそういいたいんだろう。でも、その心配は不要である。

「大丈夫だよ。今回は手土産があるからな」

「それはまさか……」

心配そうにしているロザリアに俺は厳重に封印された魔剣を掲げて見せて安心してもらう。そう、これはヴァサーゴの奴が持っていた『ダインスレイブ』である。元々はブラッディ家の物とはいえ、戦争に勝った俺に所有権があるのだ。

まあ、俺が装備をしてもいいんだけど、ここはラインハルトさんに貸しを作っておいた方が良い気がするんだよな。それに……これを使いこなすのは結構大変そうだ。

剣を握って、一瞬抜いただけだった。それだけで、凄まじい破壊衝動に襲われたのである。近くにいたアステシアが状態異常耐性の魔法をかけてくれなかったら剣の魔力に呑まれていたかもしれない。回数をこなせばなんとか使えるようにはなるとは思うが……。

ゲームではアイギスは完全に使いこなしていたから相性もあるのだろう。だったらこういう場の取引に使用したほうがいいと思ったわけだ。

「流石ですね、ヴァイス様。これならばきっとラインハルト様も動く理由ができたと協力してくれるはずです」

「ああ、貴族ってめんどくさいよな……」

俺だって、もちろん、ラインハルトさんがわざと援軍を送らなかったと思っているわけではない、しがらみが色々とあるのだろう。だから、今回は動きやすい理由を作ったのだ。先祖代々の魔剣を取り返してくれたお礼という理由をな。

そして、ブラッディ家に着いた俺は門番に要件を伝える。最初にパーティーに来た時がずっと昔のように感じるな……。

「やあやあ、ヴァイス君。元気そうでなによりだ」

「どっかの誰かが援軍を送らなかったから大変だったんだから!! ねー、ヴァイス」

「ぐはぁ!!」

笑顔で出迎えてくれたラインハルトさんの表情がアイギスの一言で泣き顔に変わる。同意をもとめないでくれよ。俺はなんて返事をすればいいんだよ……。

「いやね……私もこっそりと助けに行く予定だったんだよ……だから、アイギスそんな風に拗ねないでおくれ」

「ふん、私はお父様が嫌いよ!!」

「ぐはぁ!!」

アイギスの言葉で悶《もだ》えるように胸を押さえているラインハルトさん。俺は一体なにを見せられているのだろうか……？

視線を感じて、ロザリアの方を見つめると彼女は苦笑しながら、「助けてあげて下さい」と訴えてくる。確かにちょっと可哀そうになってきたしな……。

「アイギス……俺は大丈夫だから……それにお前が助けに来てくれてすっごい嬉しかったよ」

「えへへ、嬉しかったんだー……大切なお母さまを救ってくれた、私の大事な友人のピンチですもの助けるのがあたりまえじゃない!! 放置するなんて頭がどうかしているのよ!!」

「ぐはぁ!!」

アイギスの容赦のない言葉にラインハルトさんがさらにダメージを喰らった。いや、もうこれどうすりゃいいんだよ……なに言ってもアイギス煽るじゃん。

しばらく悶えていたラインハルトさんだったが仕切り直しをするように咳ばらいをする。

「それで……ヴァイス君がここを訪れたのは領地内で、スタンピードの前兆があるので力を貸してくれという事かな？」

さすがはここら一帯をまとめている貴族だ。すでにうちの異常は把握しているらしい。

「はい。もちろんタダでとは言いませ……」

「いいだろう、ブラッディ家は全面的に力を貸すと誓おう」

「え？」

予想外の言葉に俺は驚く。貴族特有の駆け引きが始まるものと思っていたのだが……そんな俺を得意げな笑みを浮かべながらラインハルトさんは答える。

「娘にこれ以上嫌われたら生きていけない……じゃなかった。ハミルトン領で魔物が溢《あふ》れれば我が領地も影響を受けるだろうからね。気にしないでくれたまえ」

「ありがとうございます。あと、ラインハルト様にお見せしたいものがありまして……」

絶対前者も理由に入っているだろうなぁとおもいつつ、素直に礼を言って持ってきた魔剣を差し出す。

「これは……」

予想以上に簡単に、助けを借りる事は出来たが、彼らにより貸しをつくっておきたいし、なによりも俺を助けにきてくれたアイギスがゲームで必死に取り返そうとしていた剣である。

今はその価値をわかっていなくとも彼女に渡したいと思ったのだ。

「『ダインスレイブ』……ブラッディ家に伝わる魔剣ですよね。ヴァサーゴが持っていたので、取り返しておきました」

「ああ……この感覚……かつて戦場を共に回った相棒ではないか……邪教の連中に渡した時点

でもう二度とこの手にする事は叶わないと思ってたが……」

俺から『ダインスレイブ』を受け取ったラインハルトさんは懐かしそうに剣を抜いて刀身を眺める。

そして、なぜか再びさやにしまうと俺に差し出した。

「ありがとう、ヴァイス君……だが、これはもう、君の物だよ」

「ですが……」

「君が戦争で勝って得た戦利品だ。気にしなくていい。それに、全盛期を終えた私よりも、これから英雄への道を進むであろう君が持っていたほうがこいつも喜ぶだろう」

ラインハルトさんは最後にもう一度『ダインスレイブ』をなでたあとに、にこりと笑って困惑する俺に返した。そして、立ち上がると優しい口調で言った。

「ついてきなさい。君は二度も邪教の侵攻を食い止めてくれたんだ。個人的なお礼をさせてくれないかい？」

「お父様……まさか……」

驚いた顔をするアイギスに、ラインハルトさんはにっこりと笑うのだった。

「すごいなこれ……」

「武器の造形に詳しくない私でもわかります……ここにあるのは全てが業物ですよ」

飾られている鎧や、剣や槍などからは魔法の力があふれ出して、キラキラと輝いている。試しに一つ剣に触れてステータスを見てみる。

「魔剣エターナルフォースブリザード」
効果：一瞬で相手の周囲の大気ごと氷結させる。相手は死ぬ。ただし、消費魔力が激しく使ったものも死ぬ。

なにこれ、やべえけど使えねえな……俺は魔剣をそっと戻す。

「はっはっは、子供達の成長を見るのと珍しい武具を集めるのが私の趣味でね。そういう反応をしてもらえると嬉しいよ。妻なんて、邪魔だからさっさと売りなさいってうるさいんだよ」

あのあと、俺達はラインハルトさんに連れられて、俺達は彼の宝物庫に連れていかれたのだ。確かにさっきの魔剣みたいに使い勝手の悪いものもあるが……。

あたりを見回すと、ゲームでも出てきたアイテムもちらほらと目に入った。元はここにあって、市場に出たのかもしれない。でも、一体なんの用なのだろうか？　まさか自慢するため……じゃないよな？

「ヴァイス君のここ最近の活躍はめざましい。神霊の泉の発見や治安の改善など領地の発展もすすみ、戦争にも打ち勝った。君に注目をしている貴族はなん人もいるだろう。だがこれだけ目立てば敵もいるはずだ。だから……ロザリア君には主を守る力を持ってもらおうと思ってね。この中から一つ君に欲しいものをプレゼントしようと思うんだ」

「私にですか？　悪いです。だって、これらは貴重なものなのでしょう？」

ロザリアが驚愕の声を上げるのも無理はない。魔力を持つ武具はそうそう手に入るものではない。それこそゲームではイベントや敵のドロップでしか手に入らないようなものである。

しかし、なぜかラインハルトさんは自虐的な笑みを浮かべた。

「これだけの武具があっても私には手は二本しかないからね。君達はここにある武具を使ってもっと強くなって欲しいんだ。私が権力にしばられて身動きが取れない時も自衛をできるようにね……」

その表情で俺はわかった。これはラインハルトさんなりの詫びなのだ。自分の妻を救ってくれた俺を助ける事ができなかった事への……。

「俺も貴族です。ラインハルト様の苦しみはわかっていますよ」

「そう言ってもらえると嬉しいな。だが、それでは私の気が済まないんだよ。それに君達にアイギスはとても懐いているようだ……だから、我儘《わがまま》かもしれないがなにかあったらあの子を守ってほしい」

ラインハルトさんはこの前の戦争のような事は何度でもおきると言っているのだろう。彼は圧倒的な力を持ちながらも、俺達に手を貸す事が出来なかった。だから、自分で身を守れるだけの力を手に入れろと暗に教えてくれているのだ。

「ロザリア……」

「わかりました。ラインハルト様。遠慮なくいただきます。ヴァイス様もアドバイスを頂けると嬉しいです」

「ああ、任せろ。ロザリアにぴったりなものを選ぶよ」

「ふふ、なんでも好きなものを持って行ってくれ。そして、その力を役立ててくれると嬉しい」

そう言うと、ラインハルトさんは俺達が手にするものを一個一個説明してくれる。しかも、効果だけではなく手に入れた時の武勇伝までセットで結構楽しかった。

それにしても本当に宝物庫って感じだ。某バビロニアの金ピカ鎧の王様だったら、侵入しただけでぶちぎれるのにラインハルトさんは一つくれるというのだから、太っ腹だ。

そして、俺とロザリアは二人で話し合ってもらうものを決めたのだった。

新しい武器を手に入れた俺達はさっそく戦場にいた。魔物達が今にもあふれ出しそうなのだ。一刻もはやく手を打つ必要があるからな。

現にいつもは静かなはずの森はどこか騒がしく、ここまでくる間にも何回か魔物の群れと戦っている。

「それで……魔物の巣への戦力配分ですが、本当にこれでいいのですか？　ラインハルト様にはすでに一つ魔物の巣を潰してもらった上に他にも二つも任せてしまうなんて……」

「ああ、任せてくれたまえ。ブラッディ家の兵士と当主の力をお見せしよう。それよりも……アイギスの事を頼むよ」

申し訳なさそうな俺の言葉に彼は、力強く頷きながら『ダインスレイブ』を返す。魔物の巣は大きく分けて、五つあったのだが、それは既に「お手本だよ」と言ったラインハルトさんがダインスレイブを放ち壊滅させていた。

一撃だった。彼が魔剣を振るうと、魔物達は巣ごと、滅ぼされて、あたりにクレーターのような跡が残っただけである。ヴァサーゴや、ゲームでアイギスが使っていた時の比じゃない。マジでやべえよ。マップ兵器じゃん。

全部それでやってくれないかなと思ったが、他の地域は洞窟まで遠かったり、近くに村があったりしてあれだけの力を放てばいろいろとまずいらしい。そううまくはいかないようだ。

「あれが『ダインスレイブ』の本来の力なんですね……俺に使いこなせるでしょうか？」

そして……その強力な魔剣が今俺の手元に戻ってきたのだ。少し恐ろしい。

「大丈夫だよ。私とて、最初からあんなふうに使いこなせたわけではないからね。『ダインスレイブ』を持つと負の感情に支配されるだろう。そんな時には大切な人の存在を思い出すんだ。

そうすれば『ダインスレイブ』の魔力にだって打ち勝てるはずだ。ちなみに私の時はマリアとの初デートの時を思い出してだね……」

ややべえ、話が長くなりそうだ。だけど大切な人か……だったら今の俺には問題はないだろう。ロザリアや、アイギス、アステシアに、ホワイト、ついでにナイアルとかなん人もの人がいるからな。

ラインハルトさんの話の切れ目を狙って返事をする。

「わかりました。必ずや、使いこなして領地と……アイギス達を守って見せます」

「ふふ、そう言ってもらえると嬉しいね。それよりも、私は君の情報収集能力に舌を巻くよ。よくぞ、魔物の巣の配置と戦力をこれだけ正確に調べたものだ。これがなければダインスレイブの『インフェルノフレイム』があっても、こうあっさりは決まらなかっただろうしね」

ラインハルトさんは俺の言葉に満足そうに笑う。てか、あの技ってそんな名前だったんだ。なんか、くっそ長い詠唱と共に、魔剣を振るう姿はなぜか、ダークネスを思い出させた。

ちなみに俺が魔物の巣の配置や戦力を知っているのはゲームの知識がメインである。まあ、ちゃんと定期的に冒険者を雇って状況を報告させて、イレギュラーをなくしたのも功を奏したのだろう。それにしても実力者であるラインハルトさんに褒められるのはやはりうれしいものだ。

「そうよ、ヴァイスはすごいんだから!!　それより、二人とも魔物に動きがあったみたいよ!!」

「思ったよりも早いな……」

「おお、アイギス。お父さんの活躍をみてくれたかい!?」

俺とラインハルトさんの会議にアイギスがやってきて口を出す。いつもならばロザリアの役目だが、ラインハルトさんに気を遣ったのだろう。アイギスを見てラインハルトさんのテンションが露骨に上がる。

「ええ、すごかったわ。さすがはお父様ね」

「ふふふ、そうだろう。そうだろう。お父さんはすごいんだよ!! ヴァイス君、こっちは任せたまえ、魔物なんて敵ではないさ。よかったら、アイギス……お父さんの近くで私の勇姿を……」

「じゃあ、お父様は頑張ってね!! 私はヴァイスをサポートするわ!!」

「ああ……そうかい……これがこどもの親離れか……」

「その、娘さんをお借りしますね……」

「ああ、かまわないとも……ストレス解消に魔物を倒してくるから気にしないでくれたまえ」

露骨にへこむラインハルトさんに申し訳ないなと思いつつも、こうして軍議は終わった。


ラインハルトさんと別れた俺達は、選別したメンバーと共に馬車で魔物の巣の近くの村へと向かっていた。俺達が担当する魔物の巣は二つ、一つはゴブリンやコボルトなどの数は多いがあまり強くない魔物の巣だ。こっちはカイゼルと彼が率いる兵士達に担当をしてもらっている。領地を守るためだからか、連戦だというのに士気が高まっているのはありがたい。アンジェラやローゼンもいるし大丈夫だろう。

「じゃあ、行くぞ。みんな」

「きゅーーー♪」

俺の言葉に、ホワイトが元気よく鳴き声をあげて、みんなが頷く。ロザリアとアステシア、ホワイトはもちろんの事、魔剣を携えたアイギスに、フィリスとスカーレットがいる。

こっちの洞窟はリザードマンだったり、ラミア、低級のドラゴンであるワイバーンなど、強力な能力を持つ魔物がいるが数は少ないため、少数精鋭の方が動きやすくてよいのだ。

それにここのボスのリザードキングは倒したあとに鱗を加工すると優れた防具になるんだよな……。もしかしたら強力な防具も手に入るかもしれない。

「ヴァイス様……来ました」

その一言共に森の中から矢が飛んでくる。リザードマンによる奇襲だろう。剣ではじききれるか？　と思った時だった。ロザリアが窓から馬車の屋根へと駆け上り槍をかかげる。

「ヴァイス様……あなたを守るためにラインハルト様からいただいた力をおみせいたしましょう」

彼女を中心に、不可視の結界が現れて槍を防ぐ。これこそ彼女が手に入れた新しい神槍パラスの力である。本来ならばゲームの終盤で手に入る武器なだけあって高性能だ。

「うおおお、すげえ!!　まるで守り神だな」

「はい、私はヴァイス様を守るためにいますから」

俺の言葉にロザリアが嬉しそうに微笑んだ。

「あれが魔力を持った槍……分解したらだめかしら？」

「師匠……魔法学園にあった魔杖《まじょう》を解体してボーナスで弁償したのを忘れたのですか……」

「魔物だろうがなんだろうが関係ないわ。武力よ、武力はすべてを解決するわ!!」

アイギスの魔剣の一撃によって、リザードマン達は風の刃によって切り刻まれ、戦いはおわった。

「まずいわね……みんな強すぎてサポートとしての私の立場が……」

「きゅー……」

あっという間に敵を圧倒するみんなに、アステシアはへこんでおり、ホワイトが元気出してとばかりにほほをなめる。あとで慰めておこう。

俺達はロザリアの結界とアイギス達の攻撃でリザードマン達を倒しながら、村へとたどり着いた。外側からのすさまじい力によって破壊されたであろう木の柵から入るとその中は怒号と悲鳴に満たされていた。

地上ではリザードマンとラミアと冒険者達が斬り合っており、空からはワイバーンが様子をうかがっているようだ。時々急降下しては襲ってきている。

魔物の巣の近隣の村に警備費として、お金を支給しといてよかった。そう思いながら、今リザードマンを切り捨てた冒険者に声をかける。

「大丈夫か？　村はどうなっている？」

「お、援軍か、ありがてえ……って貴族様かよ……」

俺の声を聴いた冒険者の男はこちらの装備を見て、露骨に落胆する。冒険者達は実力主義だ。だからこそ、貴族への偏見もあるようでその反応はあまり芳しくない。とはいえ、彼らが村を守ってくれているのは事実だ。俺達の実力を示すのはあとでいい。とりあえずは現状把握だ。

「まずは、この村を守ってくれた事に感謝する。それで……村人は無事なのか？」

「ああ……教会にみんな避難してるよ。でもよお、あんたも女の子にいいところをみせたいのはわかるけど、やめた方がいいぜ。こいつらかなり強いぞ。逃げるなら女子供をつれていってくれ。頼む」

俺が彼らの仕事をねぎらったからか、少し態度が柔らかくなる。なるほど……俺が女性ばかりつれていたから、女の子にかっこつけたがっているアホ貴族と勘違いをされてしまったようだ。

あいにく、うちの女の子達は守られるだけの奴なんていないんだよなぁ。それと彼の勘違いを正さなければな。

「なるほど……お前は一つ思い違いをしているようだな……アイギス、こういう時はどうすればいいか教えてくれないか？」

冒険者をすごい目で睨みつけていたアイギスだったが、こちらの意図を理解してくれたらしく猛犬のような獰猛《どうもう》な笑みを浮かべた。

「決まっているわ。こういう時は武力よ、武力はすべてを解決するわ!!」

「は？」

その言葉と共にアイギスの魔剣から発生した風の刃が周囲のリザードマンを細切れに切り刻むと冒険者が間の抜けた声をあげる。そして、それだけでは終わらなかった。

「いいえ、武力じゃないわ。魔力よ、魔力がすべてを解決するの!! フィリスいくわよ!!」

「はい、師匠!!」

「はぁぁぁぁぁ!?」

今度はスカーレットとフィリスが魔法を放ち空を飛んでいたワイバーン達を全滅させていき、冒険者が先ほどよりも大きな声をあげた。マジで俺の義妹とその師匠は優秀である。

「いや、あんたらなに者だよ……」

「俺の名前はヴァイス＝ハミルトン。ハミルトン領の領主だよ。これで俺達が遊びできたわけではないとわかってくれたかな？」

呆然とした冒険者に俺はどや顔で答えるのだった。

★★

「ジェシカ……私の事はいいから早くお逃げ……」

「いやだよぉ、お母さんだけを置いてなんていけないよ」

「ごめんね……私の足がちゃんと動けばみんなと一緒に逃げれたのに……」

私は申し訳なさそうに自分の足をなでるお母さんに抱き着いて涙をこらえる。あまり騒げば魔物達が聞きつけるかもしれないので泣く事もできない。皆は教会に逃げているようだが、足の不自由な母を置いてなんか行けずにクローゼットの中に隠れているのだ。

冒険者さん達も必死に戦ってくれているが魔物の数が多すぎるようで中々撃退できないのだろう。

「こんな事なら、領主様の言うとおりに街に避難をすればよかったのかなぁ？」

「そんな事を言ったって先祖様が開拓した村を捨てるわけにはいかないし、ヴァイスっていう領主はどうしようもない奴らしいじゃないの……」

お母さんはそういうが私はどうなのかなと思う。確かに税金をいきなり上げて私達の生活を圧迫したのもヴァイス様だ。だが、そのあとに謝罪の手紙を村長に送り、税金を下げたのも、そして、この村の警備のためにとお金と冒険者ギルドとの伝手《つて》をくれたのもヴァイス様らしい。

「ヴァイス様は本当に悪い貴族様なのかな……？」

一体どっちが本当のヴァイス様なのだろう？　こんな田舎村では情報もろくに入ってはこない。実際会えば多少は判断もできるだろうが、領主様がこんな所に来る事はないだろう。

「シャーシャー」

「シャー？」

魔物達の声が近くなり、私とお母さんは体を震えさせて抱き合った。来るな来るな……とゼウス神に祈る。

しかし、残酷にも扉を乱暴に蹴破る音と共にリザードマン達が入ってくる。彼らはなぜか怒っているようだ。

こんな事ならば冒険者に護身術でも習っておけばよかったと後悔する。歌がうまいとおだてられて吟遊詩人の真似事《まねごと》なんかしている場合ではなかったのだ。

「ひぃ……」

徐々に近づいてくる足音に私達は悲鳴を上げて抱きあう事しかできなかった。そして、クローゼットの扉が乱暴に開かれると、そこには無機質な目でこちらをみつめているリザードマンがいた。ああ、私の大好きな英雄譚《たん》ならば、ここで颯爽《さっそう》と英雄が現れるだろうに……。

リザードマンが剣を振りかぶるのが見え、咄嗟《とっさ》に目を瞑る。しかし、一向に痛みはこなかった。

なんで……？

まさか、こいつらは私達を嬲《なぶ》り殺すつもりなのだろうか？　恐る恐る目を見開くと、リザードマンは、影の手によって拘束されておりうめき声をあげている。そして、そのままやってきた一人の青年が剣を一振りすると、首から血をまき散らして絶命する。

「大丈夫か？　ここは危険だぞ」

「はい……でも、母が……」

「足を悪くしているのか？　アステシア、治療を頼む。アイギスは教会までの護衛してもらっていいか？」

私を助けた青年はてきぱきと指示を出していく。そして、私達は赤髪の少女に連れていかれる前に彼に聞く。

「助けていただいてありがとうございます。あなたのお名前は……」

「ああ、俺はヴァイス＝ハミルトンだ。俺の考えが甘かった……まさか、魔物がこんなに早く現れるとはな……」

彼がヴァイス……おそらく領主様なのだろう。申し訳なさそうに気遣う彼に私は英雄譚に登場するような英雄の姿をみたのだった。

★★

冒険者から状況を聞いた俺はみんなに指示を出す。どうやら、魔物の群れが攻めてきて、教会に村人を避難させて、戦えるもので各個撃破しているらしい。

「俺達は逃げ遅れた村人の捜索と魔物を狩るぞ!!　スカーレット様は申し訳ありませんが教会の守りをおねがいできますか!?」

「ええ、任せなさい。民を守るのも十二使徒の職務ですもの」

「ありがとうございます。あと、フィリスも一緒に来てくれ」

「お兄さま……？」

怪訝な顔をしているフィリスに笑顔を浮かべながら頭をポンポンと叩く。髪の毛の柔らかい感触が気持ちいい。

「お前にはお兄ちゃんのすごいところを見せるって言ったろ？　あとさ、お前のすごいところも見せてくれよ」

「はい!!」

元気な返事と共にいつものメンバーとフィリスで魔物達を倒していく。そこそこ強い魔物であるリザードマンやワイバーン、ラミアがいるが次々と倒していき、村人を救出していく。

これは……もはや主人公パーティーよりも全然強いな……。

飛行しているワイバーンはフィリスの魔法と、アイギスの魔剣で撃退し、ロザリアが俺達を守り、アステシアが回復や身体能力の向上というサポートと、俺が闇魔法による不意打ちという最強の布陣である。

最初は怪訝そうな冒険者達も俺達に尊敬の目線を送り始めているのがわかる。現金だと思うが、実力主義の世界だからな。アイギスの言葉の通り武力で解決するようだ。

「これならなんとかなりそうだな」

あらかたモンスターを倒して、家に潜んでいたところを襲われた村人を助けた俺達は、教会へと送り届けに行ったアイギスとアステシア、ホワイトが帰ってくるのを待ちつつ周囲に魔物がいないかと警戒していた。

「そうですね、さっき女の子を助けたお兄様、かっこよかったですよ」

「なんかフィリスに言われると恥ずかしいな……」

俺は素直にフィリスの褒め言葉を受け入れる事ができている自分に驚く。そんな風に和やかな雰囲気が流れたが、ロザリアは鋭い目で魔物達がやってきた方を見つめる。

「ヴァイス様、フィリス様、気を付けてください。どうやら強敵の様です」

彼女が見つめる先からは悲鳴のような声が聞こえ、五、六人の冒険者が走ってやってくる。

そして、その冒険者の内の三十歳くらいの女性がこちらを……いや、ロザリアを見て大きく目を見開いた。

「ロザリア、なんでここにいるのよ!?　あんたは領主を守っているんでしょう？」

「久しぶりですね、ガーベラ。それよりもなにがあったんですか？　あなたほどの冒険者が逃げ帰るとは……」

ガーベラという名の女性は慌てた様子で今来た方向を指さした。

「逃げ帰っているわけじゃないわ。態勢を立て直すのよ。リザードキングが現れたの。いえ、あいつはただのリザードキングじゃないわ。私達の魔法も剣も通じないの」

ガーベラは自分の走ってきた方向を悔しそうに見つめる。

「そんな魔物がいるのですか……」

「ええ、私達の攻撃は一切通じなかったわ。教会にむちゃくちゃ強い魔法使いがやってきたそうだから、その人に頼るしかないのよ。あなた達も早く避難しなさい」

そう言い残して、彼女はそのままに教会の方へと走って行く。ロザリアが険しい顔をして言った。

「彼女は私の冒険者時代の先輩です。私やアンジェラとは違い現役の冒険者で、ここの村の警備をお願いしていたのですが……負けず嫌いの彼女が逃げる事を選択するとはかなりの強敵の様ですね」

「まさか群れのボスが来ているのか？　本来ならダンジョンの奥にいるはずなんだけどな……

またなにかが変わっているのか……」

ゲームとの違いに俺は少し困惑する。とはいえ、そもそも侵攻してくるタイミングからいっておかしいのだ。もはや、ゲームの情報は参考程度にした方が良いだろう。

だが、今の話を聞く限りゲームとボスは同じようだ。確かにここのボスであるリザードキングの持つ虹色の鱗は通常のリザードキングのものより魔法への耐性が高いのだ。

だけど……全身全てがうろこに覆われているわけではないし、王級魔法には耐えられずにダメージを受けるはずだ。なん発も当てれば倒せるだろう。

俺一人では難しくてもスカーレットと力をあわせればなんとかなるだろう。

「お兄様、どうしますか？　私達も撤退し、教会で迎え撃つのもありだと思います。あそこまで戻れば師匠もいますし……」

「ああ、そうだなぁ、ここはいったん撤退を……」

「助けてくれぇ!!　こんなところで死にたくねぇ!!」

フィリスと話し合っている時だった、先ほどのガーベラ達が逃げてきた方から悲鳴が聞こえてきた。逃げ遅れがいたのかよ!?

怪我でもしたのか足を引きずっているのは村の入り口で会った冒険者だった。

「ヴァイス様、どうされますか!?」

「決まっているだろ。この村を守ってくれた奴を見殺しになんかできるかよ!!」

「ふふ、お兄様はかっこいいですね。もちろん、私もついていきます」

俺の言葉にロザリアもフィリスも誇らしげに頷いてくれた。ちょっとむず痒《がゆ》い……とか言ってる場合じゃないよな。

理想を言えばアイギス達の力も欲しかったがそんな事を言っている場合ではない。

「あんたらは……」

「ふ、貴族にも骨がある奴がいるって覚えとけよ。それにしてもまじでボスとはな……」

「これは希少種ですね……」

「初めて見ます……通常の個体よりも強いって師匠から習った事があります」

俺達は足を引きずっている冒険者と敵の間に割り込むようにして対峙する。そこにいるのはただのリザードマンではなかった。虹色の鱗に覆われ、その体は普通のリザードマンよりもはるかに巨体でありながら、それが脂肪ではなく筋肉であると一目でわかるほど絞られている。そして、その手には巨大な大剣が握られており、その大剣には冒険者を押し潰したのか肉片がこびりついてやがる。

ゲーム内での通称は『リザードキングレインボー』下手なハデス十二使徒よりも強力な相手である。

「こいつに魔法は通じにくい。もちろん本来のリザードマンの弱点である氷魔法も効きにくいから注意してくれ!!」

その鱗は寒さや熱さなどあらゆる環境に耐え続け変色した希少種である。

通常のリザードマンは氷属性に弱いがこいつは例外であり、主人公を苦しめた。そう主人公は苦しめられた。だけど、俺は主人公じゃない。ヴァイス＝ハミルトンである。

「大丈夫だ、俺達なら勝てるさ」

強敵を前に不安がっているであろう二人に言い聞かせるように俺は激励すると、戦場だというのに彼女達は笑みを浮かべて頷いた。

「ヴァイス様がそう言うなら信じます」

「お兄様……ハミルトン家の力を見せてやりましょう」

「あんたら……こいつと戦う気なのかよぉぉぉ」

約一名をのぞいて心強い言葉が返ってきた。いや、もういいからさっさと逃げてくれないかな……。

「ロザリアは相手の隙を作ってくれ!! フィリスは魔法でサポートを!! こいつには属性攻撃が効きにくい。倒そうとはしなくていい、隙を作ってくれ。そうすれば俺がなんとかする!!」

「わかりました。氷よ、束縛せよ!!」

俺の言葉とともにロザリアが魔法を放ちリザードキングの足ごと地面を凍らせ斬りかかるが、なに事もなかったかのように氷を破壊しながら奴は動きやがる。

そして……リザードキングの大剣は素早くロザリアもいなすので精一杯なようだ。

「不死鳥よ、我が敵を焼き払いたまえ!!」

そして、フィリスが火の魔法を解き放つ。スカーレットの使っていた上級魔法である。もう二種類の上級魔法を使えるようだ。鳥の形をした炎が相手の身体にまとわりつくがそれをハエでもたかっているかのようにうっとうしそうに払うだけだった。

決定的な隙ができない……隙ができたらうろこに覆われていない眼球や口の中などに俺の王級魔法を放とうとしているのだが……このままでは埒《らち》が明かない。いっそダインスレイブを放つか?

俺が悩んでいる間にもロザリアは槍で相手の大剣をいなしながら、氷の魔法を放つ。ひたすら相手の左足を狙っているようだが、氷の魔法は効果がないんじゃないか?

「ヴァイス様、そろそろです!!」

なにがだ……と思ったが、ロザリアがそろそろだと言うのだ。俺にできる事は一つである。

彼女を信じて王級魔法の詠唱を始める。

「シャアアア!?」

そして、再びロザリアの魔法が相手の足をとらえると、鱗の一部がひび割れ、リザードキングが痛みに悲鳴を上げる。フィリスの消えない炎と、ロザリアの氷で温度差に耐えきれずに砕けたのか!?

「ふふ、いくら硬くても、連続で温度が変われば破損する。昔に戦った鎧の魔物と同じですね」

「金属疲労か!!」

科学の授業で金属はそんな事がおきるとは聞いたがこいつの鱗にも同様な事がおきたようだ……ロザリアは冒険者時代に経験で学んだのだろう。

「常闇を司りし姫君よ、我にしたがい、その力を振るえ!!」

その隙をついて俺の影が人の形を成し、その一部が帯状と化してドリルの様にして眼球を貫いた。闇魔法の王級魔法は対象の範囲こそ小さいが、当たればその効果は絶大だ。

そして、冥界の姫君に生命力を吸われているリザードキングは悲鳴を上げる。

「やったか!?」

冒険者がフラグを立てやがった。いや、やったけどさぁ……場合によっては洒落《しゃれ》にならない状況になるからフラグを立てるのはやめてほしい。

「ヴァイス様、気を付けてください。まだ終わってません!!」

生命力を吸われたはずのリザードキングの体内からキモイ触手のようなものが現れたのだ。

なにあれ？　ゲームでも見た事ないんだけど!!　やっぱりフラグ立ったじゃねえかよぉぉぉぉ!!

「なんと不気味な……あんなものは冒険者時代も見た事がありません……」

俺はリザードキングの腹を内部から貫くようにしておびただしい量の触手がはい出てくるのを呆然とした様子で見つめていた。なんだこれは……？　ゲームでもこいつと戦ったが、こんなものは無かった。というかそもそもこんな触手の様な敵はゲームには登場しなかったのだ。

触手達が一番近くにいたロザリアに襲い掛かっていく。

「くっ、こいつら……ヴァイス様、ここは私に任せてお逃げください!!」

「ロザリア!! だめです!!」

「ふざけんな!! そんな事できるかよ!!」

俺は『ダインスレイブ』に手をかけるも、光線を放つ事ができない。ロザリアと触手達の距離が近すぎるのだ。そして、ロザリアも結界を張る余裕もないのだろう。どうすればいい? 闇魔法を……? いや、さっき王級魔法をはなったばかりだ。精神的な疲労が大きくて使えない。

そんな時、風の刃が触手達を切り刻んだ。フィリスの風魔法である。触手どもから解放されたロザリアが急いでこちらへと駆け出す。

「助かりました、ありがとうございます。フィリス様」

「ロザリア、今のうちに逃げてください!! お兄様なにか手は……そんな……?」

フィリスが絶句するのもわかる。切り刻まれた触手の断面がすさまじい速さで再生していき再びロザリアをつけねらう。その姿はなんとも醜悪で禍々しい。

その間にも、俺はロザリアと触手の間に割り込むために駆け出す。

俺のロザリアを触手プレイなんてさせるかよ!!

「ヴァイス様危険です!! こっちに来ては……」

「ふざけんな、お前を見捨てろって言うのかよ。お前は俺のメイドなんだ、勝手にあきらめるんじゃねえ!! 触手共め、こっちにくるんじゃねぇぇぇぇぇ!!」

再生した触手がロザリアと俺を再度襲おうとした時だった。触手共の動きがぴたりと止まり、明後日《あさって》の方向へと進路を変える。

一体なんだ? まるで俺の命令を聞いたかの様じゃないか?

「氷よ、束縛せよ!!」

そんな事が頭をよぎっている間に敵の隙を見逃さないとばかりに放たれたロザリアの魔法によって触手共が凍てついた。俺は今がチャンスとばかりに、ロザリアを避難させながら『ダインスレイブ』を掲げる。

すると剣から圧倒的なまでの殺意がなだれ込んでくる。『コロセ、コロセ、オマエヲバカニスルオンナヲコロセ』耳元で悪意に満ちた声がささやく。心の中に全ての生き物への殺意が芽生える。特に俺を馬鹿にしていたあの妹を……いや、違う……俺はなんのために剣を……?

「ヴァイス様……」

一瞬剣の殺人衝動に乗っ取られそうになった俺だったが、ぬくもりと共に耳元から聞こえるロザリアの心配する声に正気に戻る。俺を見守るかのように後ろから支えてくれているようだ。

ああ、そうだ。俺はヴァイス=ハミルトンなんだ。こんな魔剣になんか負けてたまるかよ!!

ラインハルトさんの言葉を思い出せ!! ロザリアの顔が……アイギスの顔が……アステシア

の顔が、フィリスとついでにナイアル、カイゼルの顔が頭に浮かんでいく。

「『ダインスレイブ』……てめぇは俺に従ってればいいんだよ!! 焼き払えーー!!」

「結界よ!!」

魔剣を振りかざすと同時に光線が目の前のリザードキングだったものを焼き払う。おそらく、リザードキングの鱗だったら耐えたかもしれないが、触手共は中から現れた時に、リザードキングの身体を食い破って出たため、その身を晒《さら》している。しかも、とどめとばかりにロザリアの結界がリザードキングだったものを包んだ。

結界によって作られた密室で爆発する圧倒的な熱量が触手共を焼き払い、轟音と共に爆発した。今度こそ倒したはずだ。またフラグっぽい事を言うなよ？ と思って冒険者の方を見るとすっかり気絶していた。

煙がはれるとそこには触手の残骸は燃えきっており、虹色の鱗が残っているだけだった。

「ヴァイス様!! 流石です、魔法と魔剣を使いこなす様は本当に素敵でした」

「あんな敵も倒すなんてすごいです。かっこよかったです。お兄様!!」

ようやく倒した俺が一息ついて剣を鞘《さや》に戻すと、ロザリアの抱きしめる力が強くなり、フィリスが駆け寄ってくる。あたりに魔物の気配も大分なくなってきた。

「ラインハルト様から心が弱いと魔剣に魅入られると言われていましたが、打ち勝ったのですね、流石はヴァイス様です」

どこか誇らしげにロザリアが言う。そして、それはフィリスも同じなのだろう。だけど、それは違う。さっき魔剣に勝てたのはロザリア達が俺を支えてくれてたからだ。だからこそ、俺は魔剣の誘惑に勝てたのだ。

だけど……ロザリアはともかくフィリスにまで素直にお礼を言うのはまだちょっと恥ずかしいな……。

「俺はヴァイスだぜ。魔剣には負けん!!　なんてな」

「……その、お兄様……面白いですね……」

「申し訳ありません、ヴァイス様。私の頭が悪いせいで面白さを理解できずに……」

むっちゃ気を遣われた!!　こんな事だったら素直にお礼をいえばよかったー。と後悔していると、アイギス達がやってきた。アステシア、だけでなく、スカーレットもいる。魔物は壊滅させたという事だろう。

「ヴァイスーー、大丈夫？　ボスがいるって聞いたから急いできたわよ!!　私の魔剣で瞬殺なんだから!!」

「あら、もう遅かったようね……でも、無事で良かった。一応回復はしておくわね」

「きゅーきゅー♪」

「ああ、あとは魔物の巣を叩くだけだな」

そうして、彼女達と合流した俺達は馬車に戻って魔物の巣へ向かう。もちろんリザードキングの鱗の確保は忘れない。これはいい防具の素材になるからな。

村の襲撃にほとんどの戦力を割いていたのか、道中では魔物達との遭遇はかなり少なかった。自分でも拍子抜けするほどあっさりと、魔物の巣につく。

そこは大きな洞窟になっており地下まで続くダンジョンのようなものだ。気のせいかシャーシャーというリザードマンやラミアの鳴き声が聞こえてくるようだ。その姿はまるで奈落への入り口である。

「ボスは倒したが、この中は魔物の巣だ。なん匹も魔物がいるはずだ。警戒していくぞ」

俺の言葉にロザリア達が頷いたが、スカーレットが不思議そうな顔をして手を挙げる。

「ねえ、この洞窟の中って人質とかいるのかしら？　あとは中にどうしても入らないといけない理由があったりとか……？」

「いえ、リザードマン達は人を捕らえる習性はないので、その心配はないと思います。まあ、あとは奴らがため込んでいる宝とかがあるかでしょうが、そんなに重要な物はないでしょうね」

「じゃあ、入る必要は無いのね、魔物を駆逐すればいいんでしょう？　よかったら私達にまかせてくれるかしら？」

「ええ……まあ、そうですね」

「師匠……まさかあれをやるんですか？」

スカーレットが頷くと、呼ばれたフィリスはなぜか引いた顔をしている。一体なにをはじめるのだ？　と思っていると、フィリスと手を繋《つな》いで詠唱を始める。

これは……王級魔法か!!

「フィリスあわせなさい!!　炎帝よ、天界の炎を我らに貸し与えん、全てを焼き払う原初の炎を今ここに!!」

「わかりました。炎を司る不死鳥よ、その姿を現さん!!」

スカーレットの炎が人の形に、フィリスの炎が不死鳥を象《かたど》った。フィリスの奴、ゲーム本編の開始前なのに火の上級魔法は完全に使いこなしているなぁ……。

驚きはそれだけではなかった。二種類の炎がまじりあい大きな球体となっていく。

「一体なにを……まさか!?」

「うふふ、『煉獄の魔女』の力をみせてあげるわ。始まりの炎は不浄なるものを焼き払い、火の鳥の魔法はその者を焼き払うまで決しては消えない。ヴァイスよく見ておく事ね!!　これが合体魔法よ!!」

炎の球体はそのまま洞窟の中に入っていき、凄まじい勢いですすんでいった。

合体魔法……すげえな。メド○ーアとかも使えんのかな？　とか思っていると轟音と共に洞窟の入り口から炎があふれ出す。

「うおおお、あぶねえーーー!!」

「結界を張ります!!　避難してください!!」

「無茶苦茶ね……十二使徒ってこんな奴ばかりなのかしら？」

「これが魔法なの……？　お父様の魔剣並みじゃない……」

「師匠がすいません!!」

俺達は咄嗟に回避する。ロザリアの結界で炎を逸らさなかったら俺達もまきこまれたんじゃ……そう思って見ていると、洞窟はそのまま崩れていった。

いや、まあ、俺も漫画とか読んでてこういう事は考えた事あるけどさぁ……まじでやるかよ……少なくともゲームではできない技である。

そう思いながらスカーレットを見ると高笑いをしていた。

「うふふ、言ったでしょう。魔力よ、魔力は全てを解決するの!!　武力じゃないわ!!」

「ううーー!!」

スカーレットの言葉にアイギスが拗ねたように頬を膨らませる。大人げないな二十歳……てか、魔法も武力な気がするけど……なにはともあれ、俺達はスタンピードを防いだのだった。

魔物の巣を滅ぼして……比喩でなくマジで滅ぼして、村に戻った俺達を待っていたのは村人による感謝の宴《うたげ》だった。

ケガ人達は教会に避難させて、無事だった村唯一の酒場でその宴は開かれており、疲れたから休むと言って辞退したアステシアとつれていかれたホワイトをのぞいて、俺達も参加させてもらったのだが……

だめだ、全然輪に入れない。

元々そこまでコミュ力があるわけではない上に、冒険者と、村人達はすでにグループが出来ているのだ。村に入った時に最初に絡んできた冒険者は俺の顔を見たらさっと逃げやがったし、助けた村人の女の子もなぜか俺を見つめて顔を赤らめるとどこかに行ってしまった。すっかり壁の花である。

じゃあ、いつもの連中と飲めよって話なのだが、ロザリアは久々に会う冒険者仲間と楽しそうにしゃべっているし、フィリスは酔っぱらったスカーレットに「どうやったら好きな人に素直になれるかしら？」と絡まれており、めんどくさそうなので関わりたく無い。

そして、アイギスはというと女冒険者達と意気投合しているのが意外だった。素直にアイギスの魔剣と剣の腕を褒めていたので、打算の無い彼女達と気が合うのかもしれない。

俺もアステシアみたいに辞退すればよかったなぁ……。

「ヴァイス様お疲れ様です。ワインでもいかがですか？」

そんな俺に気を遣ってか、ロザリアが隣に来てくれた。酒か……元アルコール依存症としては抵抗があったのだが、今はアステシアの薬があるおかげで心配は無い。
「ヴァイス様はこういうのは苦手ですか？」
「いや、そういうわけじゃないんだけどさ……こういう輪に入るのはなんか抵抗があるってい
うかさ……」
「では、私と一緒に飲んでいましょう。うふふ、不思議な気分ですね。屋敷では最近ヴァイス
様はお酒を飲まなくなったので、ご一緒出来て嬉しいです」
ロザリアはグラスを俺の前に置き、どこからか拝借してきたワインを注いでくれる。ブドウ
の香りが心地よい。
「それでは乾杯しましょう」
「ああ、乾杯」
ワインには詳しくは無いが意外にも適度な渋みがあり、結構うまかった。隣でニコニコと笑
みを浮かべているロザリアに話しかける。
「顔見知りもいるんだろ。俺に気を遣わなくてもいいんだぞ」
「いいんです。私がヴァイス様と一緒にいたいんですよ。それともご迷惑でしょうか？」
「そんなはずないだろ。それにしても冒険者って思ったよりも普通の人が多いんだな。もっと
変わった人ばかりだと思ったよ」
村を守った冒険者達は今も楽しそうに騒いでおり、村人達とも仲良さそうだ。「どっちが飲

めるか勝負だ!!」「いいぜ、かかってこいよ!!」などの威勢の良いかけごえが聞こえるが、許容範囲だろう。

「そりゃあそうですよ。ヴァイス様は冒険者に一体どんな偏見を持っていたのですか……」

「いやぁ、結構アウトローな感じかなと……」

「なるほど……以前のゲスっぽい感じでしょうか？」

「あれは忘れてくれ、メグに騙されたんだよ……」

アステシアを助けに行った時の事を持ち出されて、顔を真っ赤にする。あのあとメグに抗議をしたら「え、ヴァイス様、本当にやったんですか？」と笑われてしまったのだ。理不尽極まりない。

「ああいうヴァイス様も新鮮で私は好きですよ」

「ロザリアがいじめる……」

ロザリアが笑顔でめずらしくからかってくる。その顔は上気しており、少し酔っぱらっているのだろう。いつものかしこまった姿とは違い新鮮で可愛い。

そんな俺達に話しかけてくる影があった。

「なーに、今日の主役がこんな所で縮こまっているのさ!!　せっかくだ、私の酒も飲んでおくれよ。ほら、二人ともコップを空にしな!!」

「もう、ガーベラったら……ヴァイス様の前で失礼ですよ」

彼女はリザードキングの元に向かう時にすれ違った冒険者のガーベラだ。ロザリアとは顔見知りだったな。

ワイン瓶を片手に豪快に笑っている。

「はっはっは、こういう時は無礼講じゃないのかい？　ねえ、領主様」

「まあな、ここは屋敷じゃないし、ましては祝勝会だ。身分は気にしなくていいぞ。せっかくだし俺もいただこう」

「ヴァイス様、あんまり無理をしないでくださいね」

俺はコップのワインを飲み干して彼女に突き出すと、こぼれそうなくらいつがれる。豪快だなぁと思っているとガーベラはロザリアにも注いだあとにラッパ飲みをしやがった。

こっちに来た時にはワイン瓶は空いていたが、これって間接キスじゃ……などと思っているのは俺だけなんだろうなと考えながらちびちびいただく。

「それにしても領主様は噂とは違ってずいぶんと立派じゃないか。私達が逃げ出したリザードキングを倒したんだろ。一歩も引かずに戦い王級魔法まで使いこなすなんて……そんな度胸のある奴は、私達冒険者でも中々いないよ!!　すごかったってロバートの奴が興奮気味に話してたよ」

そう言って上機嫌に笑いながら、彼女は俺達が最初に会った冒険者を指さす。あいつの名前はロバートっていうのか……。

それにしても噂か……やはり街ならばともかく、こういう田舎村の人間のイメージはまだまだ悪いってところだろう。前世と違いテレビなども無いのだ。仕方の無い事だろう。

「もちろんです。ヴァイス様はすごいんです」

「そうだね、あの男嫌いのあんたがこれほどまでに惚《ほ》れこむんだ。本当に立派な男なんだろうねぇ」

「え、ロザリアって男嫌いだったのか？　冒険者時代はどんな感じだったんだ？」

いつも俺のために尽くしてくれている優しい彼女とのイメージの違いに俺は思わず口を挟んでしまう。そういえば、俺は冒険者時代の彼女の事を全然知らないのだ。ゲームでも情報はなかったしな。

俺が興味深そうにしていると、ロザリアが焦ったように声を上げるが、ガーベラがにやにやとして笑った。

「ガーベラ……余計な事を言ったら怒りますからね」

「いいじゃないか、この子はね、パーティーも女の子としか組まなかったし、浮いた噂もない上に、護衛をしていた貴族に求婚されたりもしたのに、興味ありませんってすっごい冷たい感じで振ったんだよ。だから、この子があんたのメイドになるって聞いて驚いたもんさ。よっぽど気に入ったんだろうねえ。どう、この子とずっと一緒にいるんだろ？　手を出したなら責任はとってあげな」

「もう……やめてください。そういうんじゃなくて、ヴァイス様は私が困った時に助けてくれた恩人で、すごく優しい人なんです。だからこの人に仕えようと思ったんですよ。そういう関係ではありません」

ロザリアが珍しく顔を赤くして慌てている。それを見たガーベラがさらに意地の悪い笑みを浮かべて言った。

「まあ、確かにヴァイスは魔法も使えて、剣もすごいもんねぇ。おまけに貴族様ときたもんだ。ロザリアとはそういう関係じゃないんだろ。だったら私とちょっと遊ぶかい？　私は強い男になら抱かれてもいいって思ってるからね」

「いや、あのな……」

そういうとガーベラが冗談っぽく体を寄せてくる。筋肉質だが女性としても魅力的を失っていない……むしろ健康美であり、蠱惑《こわく》的な彼女の肌に触れてちょっとどぎまぎしてしまう。

まあ、ロザリアは「流石です、ヴァイス様はおもてになりますね」と苦笑するんだろうなと思ってたが予想外の事が起きた。

「ダメです!!」

「うおお!?」

大きな声と共に、今度はロザリアに体が引っ張られて、俺は彼女の方に倒れこむ。柔らかい感触と共に安心する匂いに包まれる。

「ロザリア……？」

「……」

俺がおきあがって、いつもとは違う彼女の反応にびっくりしてるとロザリアもまた、困惑した顔で俺を見つめ……そして、先ほど俺を引き寄せた自分の手を見つめると、顔を真っ赤にした。

「失礼な事をしてしまい申し訳ありません、ヴァイス様……酔っぱらってしまったようなので頭を冷やしてきます。ガーベラもヴァイス様がお優しいからと言って失礼な事をしないでくださいね」

「え？　おい。どうしたんだ？」

彼女はそう言うと顔を真っ赤にしたまま酒場を出て行ってしまった。俺が追いかけようとするとガーベラに腕を掴まれる。

「今は放っておいてやんな。ようやく自分の気持ちに気づいたんだろうさ。今頃あの子は色々と考えているだろうし、少しぎこちないかもしれないけど、明日の朝はいつも通りに接してあげるんだよ」

「それはどういう……」

「はぁ……こっちも鈍感なのか、それともハーレムを作っているから気づかないようにしているのか……ちなみにさっきの抱く云々は冗談だよ、あんたは確かに魅力的だけど、私も『殺戮の冷姫』を敵に回すほど馬鹿じゃないからねぇ」

あっはっはと楽しそうに笑いながら、彼女はワイン瓶を片手に持って去っていった。それにしてもガーベラが言った事はいったいどういう事なんだ？　ゲームでもロザリアとヴァイスは主人とメイドであり、強い信頼関係にこそ結ばれていたが恋愛関係ではなかった。

だけど、あの反応はまるで恋する乙女の様で……。

「だめだ、酔ってるからか、思考がまとまらないな……」

ロザリアの事を考えるとドキドキしてしまう自分に酒のせいだと言い聞かせているとアイギスに呼ばれた。

「ヴァイスこっちに来なさい!!　この子が英雄譚を歌ってくれるらしいわ。あなたもきっと気に入るはずよ!!」

そのまま満面の笑みを浮かべてやってきたアイギスにすさまじい力で引きずられていく。いや、俺なにも言っていないんだけど……てか、力やべえ、確かにこれだけの武力ならなんでも解決しそうだな……。

そして、さっきまでアイギスがいた女冒険者達のグループへと連れていかれ、当たり前のように彼女の隣に座らせられる。

なにか演奏でもしていたのか一人の少女を囲んでいるようだ。

「ほら、ジェシカ、お客さんを連れてきたわ!!　さっそく歌ってよ、チップも払うわ」

「え？　ヴァイス様って……私、この人の前で今日つくったばかりの英雄譚を歌うんですか!?」

ジェシカという少女は俺の顔を見ると顔を覆って悲鳴をあげるのだった。

なんで俺を知っているのだろうかと思ってじっくり顔を見ると、彼女は母と一緒にいてリザードマンに襲撃されていたところを助けた少女だった。教会までアイギスが護衛をしていたが、その時に仲良くなったのだろう。

それにしても、アイギスが女冒険者やジェシカと仲良く話しているのを見ると胸が温かくなるな。ゲームの彼女は、誰も信じずこんな風には笑ったりはしなかった。母親が無事という事もあるが、嘘が苦手で素直な彼女は、お世辞や地位が大事な貴族達よりも実力主義の冒険者達の方が気は合うのかもしれない。

「それで英雄譚っていうのはどんな話なんだ？　せっかくだし、聞かせてくれよ」

「ですが……」

俺の言葉にどうしようとばかりにアイギスや冒険者に視線で救いを求めるジェシカだったが、冒険者達はなぜかニヤニヤと笑っているばかりだ。

「ジェシカ早く!!　早く!!」

アイギスが無邪気な笑顔を浮かべて急かす。その様子を見て諦めたように大きくため息をつくと彼女はリュートという楽器を片手に英雄譚を歌い始めた。

「～～～～～♪」

それはとある悪徳領主の物語だった。その領主は親が死に、領主の座を継いだもののなにもかもうまくいかないが、それでもあきらめずにおつきのメイドと一緒に頑張り、やがては、邪教に騙されている大貴族の令嬢を救って、それから共に時間を過ごしていくうちに恋仲に落ちる話だった。

なんか聞いた事のある話だなぁっ……てかさ……。

「半分以上俺の話じゃねーか!!」

「そうよ、ヴァイスはすごいのに、ここの人達は知らなかったんですもの!! だから歌にしてもらったの。これが流行《はや》ればあなたの民衆の評価も上がるんじゃないかしら!!」

俺のつっこみにアイギスは嬉々《きき》として答える。彼女は大貴族の令嬢である。俺の良い評判も悪い評判も色々と聞いていて気にしてくれていたのだろう。確かにこういう風な英雄譚として広がれば俺に興味を持ってくれる人も増えるかもしれない。

だけど、一点だけ気になっている事がある。

「でも、これだと、俺とアイギスが恋仲になっているんだけど、いいのか?」

「それはよくわからないけど、みんながそっちのほうが物語としていいって言うんですもの。英雄譚にヒロインは必要らしいわ。それに……ヴァイスとならそういうふうに勘違いされてもなぜか悪い気がしないもの」

少し顔を赤らめて答えるアイギスを女冒険者達がニヤニヤと笑いながら、だけど、微笑ましいものを見るように眺めている。くっそ、こいつらわざと物語でアイギスとくっつけたな……。まあ、弱小貴族が大貴族の令嬢と結ばれるというのは英雄譚でもよくあるパターンだけどさぁ……。

「いいじゃないの、領主様。この子ったらさっきから『ヴァイスはすごいんだから!!』とばかり言っているんだよ。相当あんたの事を気に入ってるのよ」

「そうそう。女の子にそこまで言わせているんだ。責任取ってあげなよ。なんだったら防音のしっかりとした宿の部屋を案内しようか？」

女冒険者達がからかうように煽ってくるので俺はため息交じりに文句を言う。アイギスはまだ十三歳である。そういうのは早いだろうし、貴族の令嬢だ。英雄譚でならともかく、迂闊《うかつ》な噂が流れるような事は避けた方が良いだろう。

「アイギスはまだ子供なんだから変な事を言うなっての！　それに、彼女はマジで大貴族の令嬢なんだぞ」

「もう、ヴァイスってば私を子供あつかいして!!　私だって一緒に寝る事の意味くらいわかっているわ!!　その……一緒に寝て、キスをしたら子供ができちゃうんでしょう？　お父様が言ってたわ!!」

ふくれっ面をするアイギスの言葉で、周りはより微笑ましいものを見るようにしてニヤニヤとしている。

ラインハルトさーん!!　剣術も大事だけど、貴族なんだからそういう事は教育しておいてくれよ。それともこの世界ではこれが普通なんだろうか？

俺が困惑していると歌い終えたジェシカと目があった。彼女は申し訳なさそうに頭を下げる。

「あの……いかがでしたか？　自分の事を歌われるのはやはり抵抗がありますよね？」

「いや、歌は良かったと思うぞ。ただ……ちょっと美化しすぎかなと……これじゃあ、本当に物語の英雄みたいだぞ。実物を見た人ががっかりしてしまうよ」

「そんな事ないです!!」

苦笑する俺の言葉を彼女ははっきりと否定すると、言葉を続ける。

「絶体絶命のピンチの時に私とお母さんを助けてくれたその姿は本当に英雄の様でした!!　だから、私はヴァイス様が、悪いように言われているのが嫌なんです。リザードマン相手にも余裕に満ちた笑みを浮かべて魔法を放って倒し、私達に優しくしてくださった姿は、一生忘れません。ヴァイス様は私の英雄なんです!!」

強く早口で語るジェシカに俺はシンパシーを感じる。ああ、これは俺が……推しを語る時のテンションだ。だったら、俺も誠意を込めて彼女の推しへの解像度を上げてあげないとな!!

「すいません、ちょっと熱くなってしまって……」

「いや、構わない!!　ヴァイスは君を魅了するくらい素晴らしい人間だって事は同意だしな。ただ、個人的にはメイドとの関係をもっとエモい感じで頼む。例えば……領主が領民全員に嫌われても忠誠を尽くし続けるそんな素晴らしい主従関係なんだよ」

「予想外なダメ出しが来た？　あ、でもそこらへん詳しく、話してもらえますか!?」

「あ、ジェシカ、ずるい!!　私もヴァイスについて語りたいわ。だってヴァイスはすごいのよ!!　この前だって、魔剣を持った相手にも……」

そんなこんなで推し語りが始まる。すっかりヴァイスについて語る俺達三人を冒険者達が、呆れた様子で見守っていた。冷静に考えたら今の俺はヴァイス＝俺なわけでちょっと恥ずかしくなってきたな。

だけど……アイギスが本当に楽しそうにジェシカと話し、女冒険者達にこんな風にからかわれているのを見て、俺は胸が熱くなるのを感じた。

「なあ、アイギス。人といるのは……こういう宴会は楽しいか？」

「ええ、とっても楽しいわ!!　これもヴァイスのおかげよ。ありがとう。あなたは私にどんどん楽しい事を教えてくれるわね。これからもよろしくね!!」

俺の質問にアイギスは満面の笑みで答えた。今の彼女ならば、他人を信じずに戦場を駆け回るような事はしないだろうと不思議と確信が持てる。まあ、そんな事には絶対させないけどな!!

「そっか、ちょっと飲みすぎたから、外に行ってくるな」

彼女の言葉に満足した俺は、立ち上がって外へと向かう。アイギスが少し寂しそうな顔をしていたが、なにかを女冒険者に囁かれて顔を真っ赤にして頬を膨らましている。楽しそうでなによりである。

酔いのせいか、みんなが楽しそうだからか俺も高揚しているようだ。とはいえ戦いの疲れが出てきたな……そろそろ眠るか……。

「お兄様ここにいらっしゃったんですね？」

「ああ、フィリスか……宴会を楽しんでいるか？」

「お師匠様にからまれてようやく解放されたところです。お兄様は助けてくれませんでしたね」

やっべえ、藪蛇《やぶへび》だったのか、ジトーっとした目でフィリスに睨まれてしまった。いやだって、酔っぱらったスカーレットとか絶対めんどくさそうじゃん。あれ……。

「せっかくですし、二人で少しお話をしませんか？」

「ああ、いいぜ。酔いも醒《さ》ましたいしな」

そうして俺とフィリスは二人で少し散歩がてら歩く。俺達の間に流れる空気は最初とは違い、とても穏やかなものだった。

「お兄様は本当にすごいですね、お父様の死でろくに引継ぎをやっていなかったというのに領主として立派にやってるんですから。カイゼル達を指揮したり魔物を倒したり、かっこよかったです。今だから言いますが……実は心配していたんですよ」

まあ、そりゃあそうだろうなぁ……メグから現状を聞いていたのだから当たり前だろう。そして、彼女はわかっていたのだ。自分が戻ってなにかを言ってもヴァイスが聞かないという事を……。

こんな事を話してくれるのは今の俺達の関係はもう違うという事だ。そう、俺達は変われたのだ。現に心のなかのもやもやもなく、フィリスの言葉を素直に受け止める事が出来た。きっとヴァイスも俺と同様に乗り切ったのだろう。

「心配かけてごめんな、フィリス……」

「えへへへ、お兄ちゃんに頭撫でられるの大好きです」

触り心地の良い髪に触れるとフィリスは幸せそうに笑う。いつもとは違い気の抜けた顔で可愛らしい。そうだ……俺が彼女の言葉をまっすぐに受け入れる事が出来た今だからこそやっておかなければいけない事がある。

「フィリス……あの時は……お前が領主を俺に譲るって言った時に怒鳴ってごめん。言い訳でしかないけど俺もいっぱいいっぱいだったんだよ。それでお前にひどい事を言っちゃったな」

「お兄様……」

厳密にいえば言ったのは俺ではないヴァイスだ。だけど、俺も実の妹に似たような事はやってしまっている。だから……まだ、ちゃんと言葉を伝える事の出来るフィリスには謝っておきたかったのだ。それが自己満足にすぎなくても……。

驚いて目を見開いてた彼女はクスリと笑ってこう言った。

「ダメです。許してあげません」

「え？」

予想外の言葉に俺は言葉を失う。いやでも、当たり前か……それだけひどい事を言ったのだ。フィリスのあの時の表情は本当に傷ついていた。簡単には許してはもらえないくらいショックだったのだろう。

どうしようかと険しい顔をしていると、フィリスがいたずらっぽく笑う。

「許してほしかったらもっと頭を撫でてください。優しくですからね」

「すっかり甘えん坊になったな……」

「えへへ、なん年も我慢したんですから許してください。それに……謝りたかったのは私も一緒ですよ……私はお兄様にひどい事を言ってしまいました……お兄様の気持ちもわからずに生意気な事を……」

俺に撫でられているフィリスの頭が下がり、その表情は見えない。彼女はヴァイスに怒られてしまった事を悔いていたのだ。

こういう風にお互いがちゃんと謝っていればゲームのようにはならなかっただろう。そして、こうして話し合えたのだ。もう、俺達は大丈夫だ。

俺は彼女の頭から手を離して冗談っぽく笑う。

「お互い謝ったからこれでチャラだ。また、喧嘩《けんか》とかしちゃったらこういう風に謝り合おうぜ。

俺もフィリスの言葉をちゃんと聞くようにするからさ。だからもっと我儘を言ってくれてもいいんだぞ」

「お兄様……はい、そうします。では、早速ですが我儘をいわせていただいてもよろしいでしょうか？」

俺の言葉に頷くとフィリスはどこか思いつめたような眼をして俺を見つめる。そして、意を決したように口を開いた。

「私は……魔法学園を卒業したら、十二使徒を目指そうと思います。しばらくはハミルトン領に帰る事はできなくなると思います」

「そうか……」

彼女の言葉に俺は胸が締め付けられるような感情に襲われる。だって、彼女は夢の中でヴァイスを補佐したいって言っていたのだ。そしてゲームでも彼女エンディングでハミルトン領の領主としてここを統治していたというのに……。

「ああ、違うんですよ、お兄様……私はお兄様やハミルトン領の事が嫌いになったわけではありません。ただお兄様の周りにロザリア……アステシアさん……アイギス様……カイゼルなどたくさんの方がいます。そして、これからもどんどん増えてくるでしょう。お兄様は立派な領主になると思います。だから、私も頑張らなきゃって思ったんです。お兄ちゃんの自慢と妹で居続けるために」

そういう彼女は、俺の目をまっすぐ見つめて熱く語る。その姿はゲームでは見られなかった姿だ。今まで周りの視線を感じてそれに合わせるようにして生きてきた彼女はようやく自分のやりたい事……自分の夢を見つけたのだろう。だったら俺が言える事は一つだけだ。

「そうか……だったら勝負だな。俺がみんなに認められる領主になるか、フィリスが十二使徒になるか、早い方の勝利だ。まあ、俺は優しいお兄ちゃんだから、お前が十二使徒になるのつらいですーって泣きついてきても雇ってやるから安心して挑戦してこい」

「ああ、言いましたね!! 私はお兄ちゃんの妹なんです。途中で投げ出したりなんかしません。むしろお兄ちゃんが、領主として行き詰まったら助けを求めてくださいね。十二使徒になった私が助けてあげますから！」

俺の軽口に、フィリスが胸を張って冗談っぽく言い返してくる。こんな感じで会話できるのがうれしくて、俺はいつもより強めに彼女の頭をなでる。

「生意気な奴め!! こうだーー!!」

「ああ。もう髪の毛のセットが乱れちゃうじゃないですか!! 私以外の子にやったら絶対ダメですからね!! 嫌われちゃいますよ」

そんな風に騒ぎながら彼女が泊まる宿にたどり着いた。そして、俺達は再び見つめ合う。

「では、お互い頑張りましょうね」

「ああ、つらくなったら、いつでも帰ってきていいからな？」

「はい……ありがとうございます。お兄様。ですが、私はしばらく帰らないと思います。すこしの時間でも多く師匠に魔法を教えていただきたいですから……」

今回のようなイレギュラーがない限り、気楽にいく事ができないくらい、王都とハミルトン領は離れている。そして……十二使徒になるのは天才であるフィリスですら難しいのだろう。

それこそ、故郷に帰る時間を魔法の特訓に費やさないといけないくらいに……。

だから、しばらく彼女と会う事はできなくなるかもしれない。だけど、もう寂しくない。

だって、今の俺と彼女の関係は変わったから……。

「その代わり手紙を書きますね……返さなかったら泣いちゃいますからね」

「ああ、俺もちゃんと書くよ。領地をすっごい住みやすくしてさ、フィリスが早く十二使徒になって帰りたくなるようなそんな領地にしてやるよ」

「はい……楽しみにしています!!」

そういうと彼女はまだ甘えたそうに名残惜しそうにしながらも扉をしめる。このままだとずっと俺に甘えてしまいそうだったからだろう。

俺も頑張らないとな……そう新たに誓いながら、自分の宿に戻ろうとすると、教会に明かりがともっている事に気づいた。その理由に思い当たる節があった俺は酒場にこっそりと戻って酒と料理を持って再度教会に戻るのだった。

「これであらかた終わったわね……」

「きゅーきゅー」

「あー、もう少し待っててくだちゃいね。少ししたらモフモフしてあげまちゅ、美味しいごはんもありまちゅよー♪」

俺がノックをせずに扉を開けるといつもの光景が広がっていた。アステシアは俺と目が合うと、いつものように無表情に戻り澄ました感じで言った。

「貴族としてノック位しないのはどうかと思うわよ」

「ごめんなさいでちゅーー、次から気を付けるでちゅよ」

「うう……呪ってやるぅぅぅぅぅ!!」

「きゅーきゅー♪」

俺の言葉にアステシアが悔しそうに睨みつけてきて、ホワイトは嬉しそうに俺の肩に飛び乗った。最近忙しくてかまってやれなかったかな……と思いながらホワイトをなでる。

それよりもだ。俺は彼女の周りに横たわって、規則正しい寝息を立てている冒険者達を見る。

「まさか、ずっと治療をしていたのか？　すでに重症の人間は最低限の治療は終えたんだろ？」

「そうね……だけど、私達プリーストにとっての戦いは、戦場だけじゃないわ。戦いのあとのほうが大事なのよ。治療できるのに放置なんてできないでしょう？」

無表情にアステシアは答えた。こいつは飯も食わずにずっと治療をしていたのか……？　いや、飯は結構自分で運んでいるようだ。しかも、ご丁寧にワインまで空いており、モフモフと一緒にいる……まさか……。

「なあ、アステシア……本音は？」

「よく知らない人間達と騒ぐのは嫌だから、治療にかこつけてさぼっていたのよ。悪い？」

少し気まずそうに顔を逸らすアステシア。無茶苦茶人見知りなだけだった!! だけど、彼女が俺の領地のこの村を守って傷ついた冒険者達を治療してくれた事に変わりはない。別に自分の部屋でホワイトとモフモフしててもよかったんだからな。

「まあ、治療お疲れ様。魔力を使ってつかれたろ。ここじゃああれだし、良かったら俺と飯でも食べるか？ どっか行こうぜ」

「そうね……」

さすがにケガ人が多いところで飲むのは俺が落ち着かないし、人見知りの彼女も俺とホワイトならば大丈夫だろうと提案してみたのだが、眉をひそめて考え事をしている。

あれ？ 結構好感度高いと思ってたんだが先走ってた？

「ちょっと、もらうわね」

「おい、あんまり無茶をするなよ？」

アステシアは俺が持っていた瓶に入ったワインを一気に飲み干す。彼女の白い喉がゴクリゴクリと飲み干す姿がなんとも美しい。そして、酔いのためか少し顔を赤くして彼女は言った。

「ちょっと、魔力を使いすぎたみたいね……わるいけど、一つお願いをきいてくれないかしら？」

「ああ、疲れたのか？　なんでもいいぞ。ポーションでも持ってこようか？」

「そう……じゃあ、酔っちゃったから私の部屋までおぶって運んでくれないかしら？」

「きゅーきゅー♪」

「は？」

彼女はなんでもないようにいつも通り無表情にそんな事を言うのだった。


俺は背中に柔らかい感触を感じながら、歩いていた。やべえ、推しのおっぱい……略して推っぱいが当たっている。本来セクハラ行為は自重すべきだが、今回に関してはあっちからの希望で背負っているのでセーフだろう。

そして、相手が推しというだけあってフィリスの時とは違い俺の胸もバクンバクンである。肩できゅーきゅーいっているホワイトがいなかったら正気を失いそうだったぜ。

「他の女の匂いがするわね……しかも、三人かしら……ヴァイスはモテるのね」

「いや、別にモテてるわけじゃないって……」

「ふーん……」

背後でぼそりとそんな言葉が聞こえた気がしたので返事をするが、そのあとは反応は薄い。

え、なにこの子怖いんですけど!!

「ここよ。おぶったままでいいわ」

いや、良くねえだろ。この光景はどう見てもアステシアを酔い潰して部屋でエッチな事をしようとしているクソ野郎である。

いや、俺が推しを襲うような事はないんだけどな。ちょっと動転していた俺はつい扉をノックしてしまうと、アステシアがジト目でツッコむ。

「なんでいつもはノックしないのに、今はするのよ。誰もいるはずがないでしょう!!」

「いや、なんとなく……」

そんなやりとりをしながらアステシアから鍵を借りてドアノブにさす。推しの部屋だーとテンションをあげて深呼吸でもしたい気持ちを抑える。それに宿屋だからな。彼女の個性は無いし、俺の部屋よりも狭いし、荷物を置きにいってすぐに出たのか、特に面白い点はなかった。

俺がちょっと残念に思いながら彼女をベッドに寝かせ、お酒と料理をテーブルに並べた時だった。気を抜いていたタイミングで腕を引っ張られて、思わず、体勢を崩すと彼女の方に頭から倒れこんでしまう。

「おい、アステシア酔っぱらって……」

「うふふ、ヴァイスの髪はホワイトと違って、ザラザラね。でも、気持ちいいわ」

そのまま抱き枕の様に抱き着かれ、肩に押し付けられた頭を撫でられてしまう。柔らかい感触やら甘い匂いに俺が支配されていく。こいつ本気で酔ってるのかよ!!

これはまずい……俺の推しカップリングはヴァイス×ロザリアである。解釈違いぃぃぃぃぃ!!　でもアステシアは俺の推しなんだよな。推しが俺に甘えてくれてんだよ。マ〇マさん助けて俺この娘好きになっちまう……今ならデ〇ジ君の気持ちがわかるぜ。

「私ね……あなたに助けてもらえて本当に良かったと思っているのよ……多分助けてくれたのがあなたじゃなかったら、私は今みたいに自由に自分の意志で生きていたりなんかしなかったでしょうね……」

アステシアは俺の頭を撫でながらそんな事を言う。彼女の表情は見えないが今もまだ無表情なのだろうか？　だけど、その声色には感謝の気持ちがこめられているのがわかる。

「さっきなんでも聞いてくれるって言ったわね。だったら約束しなさい。今からする事を絶対馬鹿にしないって」

「え？」

そう言うと彼女は俺の顔を自分の肩から引き剝がして、真正面から見つめてくる。そして、少しぎこちないがニコッと笑った。

そう、ゲームでも見られなかった笑顔だ。

「アステシア……」

「その……笑顔の練習をしていたのよ……あなたに最初に見て欲しくて……変じゃないかしら。笑ったりしたら絶対許さないわよ」

冗談っぽく……そして、恥ずかしそうに笑う彼女に俺は詰まりながらも返事をする。

「……変じゃないよ。可愛いと思う」

「そう……ありがとうって、なんであなたが泣きそうな顔をしているのよ。私の笑顔を見たんだからもっと幸せそうな顔をしなさい!!」

だって、仕方ないだろ。ホワイトにはみせていたかもしれないけどさ、人に対して笑うのを見る事が出来たのだ。俺は二人目の推しを救う事が出来たというのが実感できたのだ。

「うふふ、なんか幸せな気分ね……しばらく、こうしていていいかしら？　人や動物の温もりってこんなにも温かいのね」

彼女は俺とホワイトを抱きしめながら本当に嬉しそうに言うのだった。そして、彼女は満足そうな笑顔を浮かべ眠りについた。そして、俺はそんな彼女を見届けて自分の部屋に帰る。

ちなみにエッチな事はしていない、いやマジで!!

★★

ここはとある街外れの古ぼけた教会である。そこに複数の人影があった。一人は二十歳くらいの先が杭《くい》のようにとがった杖を持った女性である。美しい顔立ちをしているが、どこか狂気に満ちた目をしている。

「それで……どうするのよ、ミノス。ヴァサーゴとやらをけしかけて、ハミルトン領を支配してゼウスの使徒が現れないようにする作戦だったんでしょう？　見事に失敗しているじゃない。こんなんじゃあ、信仰心が足りなくて、ハデス様の復活ができないわよ」

「そうですね、ヴァイオレット……これは私も予想外でした……まさか、魔剣を渡し、金と兵力を与えても負けるとは……」

ヴァイオレットという女性の言葉にミノスと呼ばれた男は悔し気に呻く。それも無理はないだろう。彼は長年、傀儡にするためにヴァサーゴの機嫌をとって、散々利用したら切り捨てる予定だったのだ。それが、計画半ばで失敗に終わり、ハデス教徒の信仰が増えるどころか、ヴァサーゴの後継者によってインクレイ領では邪教狩りが始まっている。

そんな彼をあざ笑うような声がヴァイオレットの下から響く。

「全くだな……ミノス、お得意の策略とやらはどうしたよ。しかも、保険の魔物の軍団までやられちまったんだろ？　これは減点だぜ。十二使徒第二位の名が泣くんじゃねえか？　さっさと俺に譲れよ？」

「アムブロシア……椅子が勝手にしゃべらないの」

「あひぃい、熱いぃぃぃぃ。ああ……俺は生きているぅぅぅぅ!!」

ヴァイオレットが溜息《ためいき》をつきながら、飲んでいたカップに入った熱いコーヒーを自らの椅子となっているアムブロシアと呼ばれた青年の頭にかける。不気味なくらい肌のきれいな彼はなぜか嬉しそうに悲鳴を上げた。

常人ならば大やけどであるが『不死身』の加護を持つ彼からすれば生きているという実感を得るためのスパイスにすぎない。現に火傷《やけど》は一瞬で癒えて不気味なほどきれいな肌に再生する。

「あれは本当に予想外でしたよ……ハミルトン領にあれだけ優秀な人材がいるとは……」

すでにその光景が日常と化しているミノスはなに事もなかったかのように会話を続ける。

「まったくね、戦争の直後に魔物達を扇動しても撃退するなんて一体なに者なのよ。それに魔術バカの姉が協力をするなんて……まさかそこの領主に魔法の才能があるのかしら」

「あひぃぃぃぃぃぃ!!」

ヴァイオレットはとある女性の事を思い出して、己の中の破壊衝動が抑えきれなくなり、八つ当たりとばかりには手に持っていた杖をアムブロシアの手に突き立てる。凄まじい痛みに歓喜の声が響く。

「そうですね……ヴァイス＝ハミルトンとやらは思ったよりもはるかに厄介な領主な様です。もしかしたら、彼こそがゼウスの加護を得しものだという事でしょう。本来であれば十二使徒全員で集まって会議をしたかったのですが皆忙しいようですね……特にパンドラはヴァサーゴの後始末をすると言って帰ってきませんし……」

「そう……みんな忙しいのよ……別にあなたの人望がないわけじゃないわ」

空席の目立つ椅子を見つめながらミノスは溜息を吐くとなぜか、ヴァイオレットの目が泳ぎ、必死にフォローするが、アムブロシアの言葉ですべてが無駄となる。

「そうだぜ。この前の飲み会もミノスがいると辛気臭いし、なんか意味深な事を言って気分が下がるからって呼ばなかったわけじゃないからな!! ああ、でもエミレーリオの奴ミノスの物《もの》真似《まね》はわらったなぁ。あいつは死んだらしいからもうみれないけどよ。いたぁぁぁぁぁ!!」

「この馬鹿!! 少しは空気を読みなさい!!」

慌ててヴァイオレットがアムブロシアを黙らせるが、ミノスが一瞬寂しそうな顔をしたのは気のせいではないだろう。

「……まあ、私としては、予言通りハデス様が復活すればいいのですよ。しかし……予言が歪み始めています。それが問題なのです。その中心にひょっとしたらヴァイスという人間がいるかもしれません。私の予言ではヴァイスとやらはとっくに全てを諦めて傀儡となった上に、十二使徒同士の戦いはエミレーリオが勝つはずだったのですが……」

「それならよぉぉぉぉ、理由はわかっているぜぇぇぇぇ!!」

突然の乱入者にヴァイオレットが魔法を唱え、アムブロシアが彼女とミノスを守るようにさっと前に立つ。すさまじい殺気が、乱入者を襲うが、その乱入者は気にした様子もなく口を開いた。

「エミレーリオ……まさか生きていたのですか?」

「おいおい、俺様がよぉぉぉぉ、生きてたってのにとんだ歓迎だなぁ?」

「あ、お前、さては俺の力を使って生き延びたな。はは、アムブロシア様の加護を使わせてもらってありがとうございますっていぇよ。あひぃ!!」

「それで……今までなにをやっていたの。これでも心配したのよ。無事なら連絡をしなさいよね!!」

くだらない事を言うアムブロシアにお仕置きをしながら問うヴァイオレットの言葉に、エミレーリオが満面の笑みを浮かべて答えた。

「わるかったなぁぁぁぁ!! だが、朗報だぜぇぇぇ!! 俺はよぉぉぉ、十二使徒の奴らに復讐をするために追っていたんだけどよぉぉぉ!! その結果、ミノスの予言を覆した原因となるゼウスの加護を得た奴らを見つけたぜぇぇぇ。そいつの正体はヴァイス＝ハミルトンじゃねえ!! 魔法学園にいるクレスって金髪のガキと、フィリス＝ハミルトン。こいつらがゼウスの加護を得た人間だぁぁぁぁ!! クレスってガキが、十二使徒に助言を与え、フィリスがヴァイスに手紙を送ったせいでお前の予言がゆがめられたんだよぉぉぉぉ!!」

「ふむ……ゼウス神の加護を得た人間ならば私の予言を覆すのもおかしくはありませんね。エミレーリオ。詳しく話してもらえますか？」

「ふーん、魔法学園の生徒なら姉と関係があってもおかしくないわね」

「ああ、かまわないぜぇぇ、その代わりに攻める時は俺もいれろ。あいつらにはたっぷりと復讐をしたいからなぁぁぁ」

「はは、なにを負けた奴がいきってるんだよ。先陣はこの俺様に決まってんだろ？『不死身』の加護の恐ろしさをみせてやるよ。それに戦場でなら痛みも感じ放題だしな!!」

三者三様の反応をする十二使徒達を見て、彼は……触手のような姿の植物の力によって、幻惑を見せ続けていたナイアルはニヤリと笑った。

感謝してくれよ、親友殿!!　君からはちゃんと注意は逸らしたよ。それにしてもこのしゃべり方は恥ずかしいなぁ……そう思いながらナイアルは幻覚をみせて狂わした本当のエミレーリオから得た情報を元にハデス十二使徒達を、自分の……自分の信じる神の都合の良いように誘導するための会話をする。

そうして、偽りにみちた会議がはじまるのだった。

ヴァイス＝ハミルトン

職業：領主

通り名：武闘派領主

民衆の忠誠度55→70（英雄譚が広まり、これまでの努力が正当に評価される事になり忠誠度がアップ）

武力55
魔力80
技術40

スキル

闇魔術LV3
剣術LV2
神霊の力LV1

ユニークスキル

異界の来訪者
　異なる世界の存在でありながらその世界の住人に認められたスキル。この世界の人間に認められた事によって、この世界で活動する際のバッドステータスがなくなり、柔軟にこの世界の知識を吸収する事ができる。

二つの心
　一つの体に二つの心持っている。魔法を使用する際の精神力が二人分使用可能になる。なお、もう一つの心は完全に眠っている。

推しへの盲信（リープ　オブ　フェース）
　主人公がヴァイスならばできるという妄信によって本来は不可能な事が可能になるスキル。神による気まぐれのスキルであり、ヴァイスはこのスキルの存在を知らないし、ステータスを見ても彼には見えない。

神霊に選ばれし者
　強い感情を持って神霊と心を通わせたものが手に入れるスキル。対神特攻及びステータスの向上率がアップ。

異神十二使徒の加護
　ゼウスでもハデスでもない異界の神に認められた十二人の強者にのみ与えられるスキル。異神の加護にステータスアップ及び、自分より下の存在に対して命令を下す事が出来る。
　ヴァイスは異神十二使徒の第二位であり、第三位から第十二位は空位。世界が異神の存在を認識した事によってスキルが目覚めた。

『フィリスの日常』

ここは王都の魔法学園の中庭である。赤い髪のローブを身にまとった美しい女性……スカーレット師匠の下で、私は魔法の鍛錬に励んでいた。

「それじゃあ、魔力を集中して、十分間そのままの状態を継続しなさい」

「はい、わかりました、師匠!!」

私を囲むようにして火と氷、風でつくられた球がふよふよと浮いている。ちょっと幻想的な光景ではあるがもちろん遊んでいるわけではない。これは鍛錬である。魔力を調整して乱れのないようにしているのだ。これを繰り返すことによって制御力と威力の向上につながるのである。

地味な上に神経を使うとても繊細な修業なのだが、いつもより頑張れる。だって、今日はアレが来るからだ。

「それまで!! 三属性の魔法を同時に扱うのも問題ないようね。流石よ、フィリス」

「ありがとうございます。師匠の教えが上手だからですよ」

「当たり前でしょう、私は魔法の天才ですもの」

褒めてもらったお礼にと感謝の言葉を返すと、スカーレットが何をいまさらとばかりに肩をすくめる。だけど、その口は笑みをかみ殺しているのか、ぴくぴくと動いている。

師匠はこういうところが可愛いんですよね。まあ、そんなことを言ったら怒られてしまうでしょうけど……。

圧倒的な魔力と、平民でありながら若くして十二使徒に抜擢《ばってき》されたというすごい経歴だから か、必要以上に怖くおもわれている師匠だけど、実は優しくて可愛い所もたくさんあるのを直弟子である私は知っていた。

そんな彼女の瞳が妖しく光りこちらを見つめているのに気づく。可愛いなどと思っているのがばれてしまったのだろうか？

「ところで……なんだか、今日はずいぶんとやる気があるみたいだけど何かあったのかしら？」

「あ、それはですね……」

「まさか、彼氏とかじゃないわよね？　いや、別にあなたに彼氏ができてもいいのよ。だけど、それで魔法がおろそかになったらまずいから、もっと練習量を増やさないといけなくなるわ」

「師匠……自分の恋愛がうまくいってないからって、八つ当たりするつもりじゃないですよね……」

ジトーっとした目で見つめると師匠はさっと顔を逸らす。もっともらしいことを言ってはいたが、やはり本音ではないようだ。

まあ、その……師匠の恋愛はうまくいっていない。というか始まってもいないのである。魔法ばかりやってきた彼女はそういった方面に疎く、また、想い人もちょっと……いや、かなり変わっている人間なのだから無理もないだろう。

「そ、そんなことないわよ……ちなみに、あくまでだけど参考までにどういう風に彼氏と知り合ったかとか教えてくれてもいいわよ」

「勘違いしているようですが、私に彼氏はいませんし、当分作る気もありません。ただ、実家から手紙が届く日なんですよ」

師匠は大きく目を見開くと、さきほどまでの雰囲気とはがらりと変わって優しく微笑んだ。

「そう……良いことが書いてあるといいわね」

「ありがとうございます。最近はハミルトン領も落ち着いてきたようなので楽しみなんです」

師匠に感謝の言葉を伝えて、私は微笑むのだった。

★★

「あ、フィリス先輩!! よかったらここを教えてはいただけないでしょうか?」

修業を終えて図書館で師匠からおすすめしてもらった魔導書を探し終えた私に声をかけてきたのは、後輩のリリーだ。

彼女もまた、私と同様に天才と呼ばれてこの学校に入学したためか、最初は「十二使徒であるスカーレット様の弟子には私がふさわしい!!」などと言って私に喧嘩をふっかけてきたり、魔法対決などをしたりいろいろとあったのだが、今ではすっかり私になついてくれている。

「ちょうど資料集めも終わったしかまわないよ。どこがわからないのかな?」

可愛い後輩に対するときはついついくだけた口調になってしまう。私も気が楽だし、リリーもそっちのほうが嬉しそうなのでちょうどいい。

「ありがとうございます!! 『王級魔法の習得率を上げるには』という論文を書いているのですが、いまいちうまく進まなくて……本には他の魔法と同じように魔力が一定レベルになると詠唱と効果のイメージが思い浮かぶって書いてありますけど、習得率が明らかに減るじゃないですか、なんか違いはないのかなって思いまして……」

「ああ、実際に『王級魔法』を使える人はすくないもんね……」

「そうなんですよ……この学校でもスカーレット先生か、元宮廷魔術師のヘンゼル先生くらいですからね。ほかの先生に聞いても教科書に書いてあることをそのままいうだけですし……」

リリーが不服そうに頬をふくらましているがそれも仕方ないだろう。王級魔法というのは一握りの天才が、死ぬほどの努力と試行錯誤をして使えるものだ。

天才などとよばれている私も、今は王級どころか上級魔法ですらまだ使えないのである。まあ、もう少しで上級魔法は覚えられそうな感触はあるのだけど……。

「うーん、今度師匠に相談してみるよ。実際に王級魔法を使える人の話を聞けば何かインスピレーションを得られるかもしれないし……」

「ありがとうございます。流石はフィリス先輩ですね。頼りになります。今度カフェでスイーツをおごらせてください。おしゃれなお店を見つけたんです」

自分の研究に進展がありそうで嬉しそうにほほ笑むリリーだったが、ふと思いついたようにつぶやいた。

「そういえば気になったんですけど……詠唱しながら魔法を想像すればまだ覚えていない魔法も使えたりとかしないんですかね？」

リリーが言ったのは魔法をならっている人間ならば誰もが一度は思い浮かぶ考えだ。魔法というのは十分な魔力と魔法を何度も使用し理解度が深まったら、いきなり新しい魔法の詠唱と共に覚えたイメージがわいてくるのである。

だから脳内に浮かんでくるイメージの代わりに他人の魔法をイメージすればいいという彼女の言うことももっともな気はする。だけど……。

「確かに可能かもしれないけど、その魔法を使うだけの魔力と、何度も使いたい魔法を見て明確にイメージする必要があるんだよ。それを可能にするにはまた別の才能がいると思う。だったら普通に勉強して魔法を使えるようにした方がいいと思うよ」

「ですよねーー。こんなの一部の変態さんか天才くらいにしかできないですよね」

リリーも本気ではなかったのだろう。えへへと笑う彼女を見つめながら私は思う。正直そんな方法で魔法を使おうとするのは、自分ならば覚えていない魔法すら使いこなせるという自信を持っているか、師匠のような研究熱心な人間くらいだろう。

だけど、ちょっとくらいなら試してみてもいいかな。もしもできたら儲《もう》けものだし……上級魔法を使えるようになれば師匠やクレスも驚くだろう。クレスはとっても悔しそうにするはずだ。

ちょっとにやっとしていると、リリーが話しかけてくる。

「フィリス先輩って本当に教えるのがお上手ですよね。どこの先生に魔法を教えてもらっていたんですか？」

「それは……お兄様に教えてもらったんだよ……」

ちくりと胸が痛むのは気のせいではない。子供のころにヴァイスお兄様は、ろくに文字も読めない私にもわかりやすいようにと、とても丁寧にかみ砕いて教えてくれたのだ。メグの言うにはわざわざロザリアと一緒にどう教えたらよいか話し合っていたらしい。

そして、私はぶっきらぼうだけど優しいお兄様に教えてもらうのだが大好きだった。

「へぇー、フィリス先輩のお兄様って、素敵な方なんですね。今度会ってみたいです」

「うーん、機会があれば紹介するよ。それよりも勉強の続きをしなきゃ。いくら天才なんて言われていても、ここのみんなは優秀だからね。どんどんおいていかれるよ」

ちくちくとちくちくと胸が痛むのを自覚しながら私は笑みを浮かべながら話題を変える。大好きな魔法の勉強をしていたけれど、ちっとも頭の中に入らなかったのは気のせいではないだろう。

★★

「ふーーー、疲れたな。でも、私もリリーに負けてられないしね。だけど、その前に……」

朝練の量を増やそうと決めた後に、食堂で特別に作ってもらった肉串を前に私は思わずテンションがあがる。

貴族ばかりが通う魔法学園ではこんな平民が好むようなこういう料理が出ることはない。だけど、困っていた食堂のおばちゃんを魔法で助けたときに、「お礼に何でも作ってあげるよ」と言われたのをきっかけに余った食材で作ってもらっているのである。

「えへへ、こうするともっと美味しくなるんだよね」

ちょっと冷めてしまったので魔法を使って温めながら手に串を持って食べる。あふれ出す肉汁とタレが相まって何とも美味である。私は元々孤児だったということもあり、貴族の上品な料理よりもこういったシンプルな料理の方が好きなのだ。

懐かしの味を楽しみながら、机の上に載っている手紙の封を開けて早速目を通す。

『フィリス様

魔法学園での生活はいかがですか？　美味しいものを食べて太りすぎないようにしてくださいね。あと、私が王都にいくことになったら案内してくださいよ。王都で流行っているアイスクリームとやらが食べてみたいんです。絶対ですからね!!

それでは本題に入ります。ハミルトン領ですが、かの名門貴族ブラッディ家の令嬢アイギス＝ブラッディ様とヴァイス様が懇意になったのがきっかけで、定期的に合同演習がされており、兵士たちの質はどんどんあがっていってます。

そのほかにも新しい観光地の発見やヴァイス様が神獣の加護を得たことや、様々な減税が効果を出してハミルトン領に活気が戻りつつあります。

それにですね、ヴァイス様はかつてのようにお優しくなりましたよ。だから、長期休みに観光ついでに戻ってきてはいかがでしょうか？

あなたの親友兼専属メイドのメグより』

手紙を読み終えた私は大きくため息をつく。メグは私のもっとも信頼できる友人だ。彼女が帰ってきて大丈夫というのならば本当に大丈夫なのだろう。だけど……。

「私に……お兄様を傷つけてしまった上に、何もしなかった私にまた、話しかける権利なんてあるのかな？」

机の下の金庫に大切に保管してある積み重なった手紙を思い出してひとり呟く。ハミルトン領を出るときに私はお兄様にひどいことを言ってしまい怒らせてしまった。それに私はお兄様がいきなり領主になって困っている時も何もしなかったのだ。

心配する言葉や優しい言葉をかけることも、ハミルトン領に戻ることすらしなかった。手紙によるとロザリアの言葉すら届かなかったようなので、私が何を言っても無駄だっただろう。だけど、なにもしなかったという罪悪感が私の胸には宿っていた。

金庫にある手紙は私が魔法学園に入学してから週に一度はかならずメグから送られてきたものだ。最初はお兄様が領主になって、商売に失敗したり、バルバロと組んで好き勝手やったりしているなどと愚痴が多かった。そして、今のお兄様はどんどんおかしくなっていっているから絶対に戻るなとも……。

それが変わったのは最近だ。お兄様は屋敷の隠し通路の奥にあった隠し財産を使い商人への借金を返してバルバロたちを断罪したのだ。

「お父様はなんだかんだお兄様のことも認めてくださっていたのですね……」

あの隠し財産はハミルトン家の領主にのみ伝わっているもので、お父様が「誰にも言うな」と私には教えてくれたものだ。「お兄様には教えないのですか？」と言ったら睨まれたのを覚えている。だけど、それを知っていたということはお父様がお兄様を認めてくれたということなのだろう。そう思うととてもうれしくなる。

そして、隠し財産を手にしてからのお兄様は快進撃のようだった。ブラッディ家の令嬢の頼みを聞いて神霊の泉を見つけ、神獣様を味方につけて襲撃者を倒したらしい。

なんでお兄様がいきなり目覚めたのかはわからない。だけど、きっとロザリアやカイゼルが頑張ってくれたのだと思う。

「私もいたらお兄様の力になれたかな……」

お兄様が活躍してくれて嬉しい反面、力になれなかったことがとてもかなしい。だけど、そんなこともいってはいられない。せっかくハミルトンの名前で魔法学園に通わせてもらっているのだ。ならば私ができることは、恥ずかしい成績をとらずにがんばることだろう。そうすればハミルトン領だって注目されるはずだ。

そう思ってより一層勉強に励もうと思った私だったが、後日予想外のことに巻き込まれるのだった。

★★

翌日、いつものように魔法の練習をするために部屋の外を出ようとすると、ノックの音が聞こえてきた。まだまだ早いと思うのになんだろうと、扉を開くとそこには師匠がいた。

しかも、その瞳は爛々《らんらん》と光っておりなにやら興奮しているようだ。とても嫌な予感がする。

「一体どうしたんですか？　いつもは頑張って起こしても『あと五分』っていって一時間くらい寝坊するのに……」

「ふふふ、私だってちゃんと起きることもあるのよ。そんなことよりも聞きなさい。昨日の深夜に任務からかえってきたダークネスにあったんだけど……」

「まさか、とうとうデートに誘うことに成功したんですか？　おめでとうございます!!」

私だって思春期である。今のところ自分はそういう出会いはないが、師匠の恋が実ったのならば心の底からお祝いしようと思っていた。だが、なぜか師匠のテンションが露骨にさがっていくのがわかった。

「何もないわよ……あいつと会うからって、私はわざわざオシャレ用のローブを着ていたし、流行りの香水だってつけてたわ。だけど、あいつはそんなことには一切触れないで任務で出会った相手のことばかりべらべらとしゃべっていたのよ……」

どんどん暗くなっていく師匠に私はなんと声をかければいいかわからなくなる。彼女は魔法の天才だがそれ以外は……特に恋愛に関してはクソ雑魚なのだ。

「そ、それで何か面白いことでもあったのですか？」

「そうなの!!　ダークネスがあった人物が興味深いのよ!!」

延々と愚痴が始まりそうだったので私はあわてて話題を変えると、師匠の表情に笑顔が戻った。単純でよかった……。

そう、安心していた私だったが、そのあとの言葉に驚愕を隠せなかった。

「あなたのお兄さんは王級魔法を使えるんですって？　すごいじゃないの。なんで教えてくれなかったのよ」

「え……お兄様が……？　なにかの間違いでは……？」

これは別にお兄様をばかにしているわけではない。記憶が正しければ闇属性の中級魔法を使えるだけだったはずだ。それなのにこの短期間で、上級魔法だけでなく王級魔法まで使えるようになるなんて、本来ならばありえない上達っぷりなのだ。

「ふぅん、その顔だと納得していないって顔ね。義理の兄がほめられるのはちょっと複雑かしら？」

「いえ……お兄様が誰かに認められるのはうれしいです。ですが……」

「いきなり、急成長しすぎって言いたいんでしょう？　確かに兵士たちを指揮して前線に立ったり、神獣と契約したりとまるで別人のように活躍しているわよね」

「師匠……なんでそれを……」

師匠には兄の名前を教えていただけだ。私だって最近の近況はメグからの手紙で知っているだけであり、彼女に説明したり、相談したりした記憶はない。なのになぜ知っているのだろう？

「そりゃあ、大切な弟子の家族のことですもの。それなりに調べるし、心配だってするわよ……」

「わざわざ調べてくださったのですか……？」

うれしさのあまり顔を真っ赤にしている師匠に抱き着くと、彼女は優しく抱きしめ返してくれる。

その温かさが心地よく私は思わず甘えてしまう。

「師匠……私はあなたの弟子で幸せです」

「あなたも故郷が心配だったのね。だったらちょうどいいわ。本当にヴァイス＝ハミルトンが王級魔法を使えるか調べに行こうと思っていたの、一緒に来なさいな」

「え……」

突然の誘いに私は……何と答えればよいかわからなかった。

★★

「故郷に……かえるかぁ……」

師匠への返事を待ってもらい私は気晴らしに王都の街を歩いていた。故郷であるハミルトン領に比べると人通りも多く、活気であふれていた。

物珍しいものも多くいつもならば興味を惹《ひ》かれるのだが、今の気分はちょっと憂鬱である。

「別に故郷に帰りたくないわけじゃないんだよね……メグや、ロザリアにも会いたいし、今のハミルトン領がどうなってるかも気になってるよ……それに何よりもお兄様の変化が気になるから……」

十二使徒である師匠が確認したお兄様の功績や、メグからの手紙からして昔と変わったのは明らかなのだろう。ダークネス様が褒めていることもあり、性格も昔の様に戻ってくれたのだとは思う。だけど……。

「私に対してはどうなのかな……？」

思いだされるのはお兄様に対して、『私は領主になんてなりません。そんなものには興味は無いのですから……』と言ってしまった時の怒りに満ちた表情だ。

今思えば領主になろうと日々努力をしていたお兄様に対して、何て失礼なことをいってしまったのだろうと、後悔しかない。

だけど、一度口に出した言葉はもはや取り消すことはできず、気まずい関係のまま、魔法学園に入学することになってしまった。

ちゃんと話すならば今がチャンスなのだとは思う。だけど、あと一歩勇気が出ないのだ。

「こんな時は師匠が強制的に連れてってくれればいいんだけど……そこらへんはしっかりしているんだよね……」

自分で考えて行動しなさいということなのだろう、彼女はこういう大事な決断を迫るときは決して強制はせずに、弟子の判断にちゃんと任せてくれるのだ。

普段はありがたいのだがこういうときにはちょっと困る。

「失礼します。肉串を一本頂けますか？」

「お？　おお、構わないがナイフとフォークはないよ。大丈夫かい？」

気分転換に肉串の屋台で好物を買おうとするもこの反応だ。まあ、魔法学園の生徒はよほど才能のある人間をのぞいて、貴族の子供が占めているし、彼らは屋台ではなく、オシャレなカフェなり、自分の屋敷でティーパーティーをしているからこの反応も無理はない。

「ええ、大丈夫です。たまにはこういうのも食べてみたかっただけですから」

私は苦笑しながら肉串をうけとって、小さく口を開けていただく。甘辛いタレが何とも美味しいが、ハミルトン領にいたときの様にメグと外面を気にしないで食べた方が美味しいのは気のせいではないだろう。

師匠に事情を説明して、断ろうかなぁ……。でも、久々にみんなに会いたいしなぁ……

そんなことを思っている時だった。

「だれかお兄ちゃんを助けて!!」

路地の方から女の子の悲鳴が聞こえてきたのだった。

★★

なにがあったのか？　と、あわてて悲鳴が聞こえた方に走ると、皮鎧を身に着けた冒険者らしき二人組の男が、十歳くらいの男の胸倉をつかんでおり、その背後には少女が震えているのが目に入った。

「だれかお兄ちゃんを助けて!!」

少女があたりの人に助けを呼ぶも、目が合った人々は気まずそうに視線を逸らしていく。中には魔法学園の生徒らしき人もいたがそれは変わらない。

それも無理はないことだろうと思う。冒険者たちはその仕事上、荒い性格の人間が多いし、手荒なことにはなれている。魔法は使えても実践慣れのしていない普通の魔法学園の生徒だって戦ったら勝つのは難しいだろう。

常識で考えればここは見て見ぬふりをするのが、正しいのだろう。だけど……。

安心して、お姉ちゃんが助けるよ。

少女と目が合った私は安心させるように微笑んで、子供たちに絡んでいる冒険者たちに声をかける。もちろん、余所《よそ》行《い》きモードである。

「冒険者さんたちいったいどうしたのですか？　子供がこわがっているじゃないですか？」

「ああ？　お前には関係ないだろ。俺たちはせっかく買ったばかりの鎧を汚されてイライラしてるんだよ」

「クリーニング代も払えねえっていってるんだ。その分教育してやらないとな」

少年の胸倉をつかんでいる冒険者の鎧を見ると、何かのソースがべったりとくっついてしまっている。

「ぼ、僕のことは殴ってもいい。だけど、サラのことはやめてくれ」

「私が汚しちゃったの!!　なのにお兄ちゃんは私をかばって……」

震えた声で答える少年と、私に泣きついてくる少女。子供相手に……とちょっと大人げないとは思うが、冒険者たちが完全に悪いわけではないようだ。

だったら、一方的に倒すわけにもいかない。

「でしたら、私がそのクリーニング代をお支払いしましょう。なので、その子たちを見逃してもらえないでしょうか？」

仕送りはなく、師匠の実験の手伝いでおこづかいをもらっている身なのでつらいが子供たちを見捨てるわけにはいかない。

これで解決かなと思いきや、冒険者たちは一瞬顔を見合わせた後ににやりと笑った。こちらの顔と胸を見る視線になんだか嫌な予感がする。

「お嬢ちゃんよ、弁償とはいってもこれは魔法が付与された特別な鎧なんだ。だからよ、とっても高いんだよ」

「これだけするんだが……お金を払えないなら、今晩付き合ってくれるだけでいいぜ」

「うわぁ……」

下卑た笑みをうかべる冒険者たちに私はちょっと引いてしまった。冒険譚に出てくる冒険者やロザリアはちゃんとした人なのになぁ……。まあ、そのロザリアも、冒険者は倫理観がない人間が多いっていってたけど……目の前の彼らのような人間がそれなのだろう。

だけど、魔法学園の生徒に魔法武器を騙《かた》るのは失敗だったね。どうみても魔法のかけられていないただの鎧だとわかる。

とはいえ、真っ向から嘘だって言っても揉めるのは間違いない。せっかくだし、珍しい魔法を目にした師匠を参考にしてみよう。

「魔法防具が生で見られるなんて感激です!! その鎧にかかっている魔法というのはどういったものでしょうか？ 見たところ何の魔力も感じられませんが……、あ、もしかして隠ぺいの魔法もかかっているのですか!!」

「あ、ああ……」

私が急にまくしたてると冒険者たちは引いたような声をあげる。うう、師匠の真似をしたけどやっぱりちょっとおかしいよね。まあ、師匠の場合はもっと目が血走っていたりするんだけど……。

ちょっと後悔しているがここまできたらもうひくわけにはいかない。

「ああ、そうなんだよ。隠ぺいの魔法がかかっているんだ、だから高くてな……」

「すごいです!! 失われた隠ぺい魔法がかかっている防具なんて初めて見ました。魔法学園に来ていただけますか？ それが本物ならば、一生遊べるだけのお金をもらって引き取ってもらうことができますよ!!」

私が興味津々とばかりに目を輝かせると、冒険者たちがどうするとばかりに目を見合わせる。

これで面倒くさいと思って去ってくれればいいのだが……。

「だーー、もううっせえな。とにかく、俺たちの貴重な時間を奪って迷惑かけたんだ。こんなガキはどうでもいいから、たっぷり相手をしてもらうぜ」

「あぶない!! 風よ、我が足場となれ」

冒険者が少年を突き飛ばしたのを見た私はとっさに魔法を使って、地面に倒れそうだった彼を助ける。風がクッションの様に彼の体を受け止めるのを確認して杖を構える。

「やっぱり私には師匠みたいにはできませんでしたね。師匠だったらたいていの相手はかかわらないでおこうって距離をおこうとするのに……」

自分の演技力を悔いながらも、先手必勝とばかりに魔法を放つと、氷の枝が即座に冒険者たちを束縛する。

「な、この女、学生のくせに……」

「魔法学園のやつらは実戦だとろくに動けないんじゃなかったのかよ!?」

こちらをかよわい女性だと侮っていた冒険者たちが必死に体を動かすがもう遅い。私が魔法を重ねてかけると彼らは微動だにしなくなる。

師匠についていき色々な荒事も経験しているので、こういう手荒なやり方が気は楽ではあるのだ。

学校に顛末書《てんまつ》を提出したり後処理が面倒だったりな上、こんなの貴族らしくはないから避けていたけど……。

「それでは警邏《けいら》の方々をお呼びしておきますね。あまり大事にしたいわけではないのですぐに釈放されると思いますが、このことは冒険者ギルドにも報告させていただきます」

「なっ!? 悪かった、だからやめてくれ」

「もう変なことはしないからぁ!!」

冒険者は面子《めんつ》を大事にする仕事である。学生相手に二体一で戦って負けたとなればしばらくは肩身の狭い思いをすることにはなるだろう。

泣きながら訴えてくる彼らを無視して、私は先ほどまで震えていた兄妹に声をかける。

「お二人とも大丈夫ですか?」

「う、うん……全然怖くなかったし!!」

「そうですか、あなたは強いんですね」

強がっているのがわかる少年を微笑ましく思い頭を撫でると、彼はなぜか顔を真っ赤にしてしまった。つい、孤児院にいたときの子供たちのように接してしまったけど気安かったかな?

「あははは、お兄ちゃん。顔真っ赤だよー」

「うるさい。お前だってさっきまで泣いてたくせに!!」

ほっと一安心したのか軽口を叩く二人。その口調から仲が良いのがわかる。この光景はかつての私とお兄様、ロザリアと一緒にいるときを思い出させて……私の胸がずきりと痛むのは気のせいではないだろう。

そんな痛みを我慢して私は少年に優しく声をかける。

「ですが、彼らの様にすぐに暴力に訴える人もいます。だから、無茶をしてはいけませんよ」

「……お姉さん、ごめん。それは約束できない。僕はこいつを守るって決めてるから……」

「お兄ちゃん……」

少年は申し訳なさそうな顔をしながらも少女の手を優しくつなぐ。

「だって、俺はこいつのお兄ちゃんだから……」

気恥ずかしそうな彼の言葉を聞いて、かつて兄様が自分のことを『家族だから……』と言ってくれた言葉が思い出される。

「……お兄ちゃんは妹を守るんですか？」

「うん、お母さんが言ってたんだ。お兄ちゃんなんだからちゃんと妹を守りなさいって……確かにむかつくこともあるし、喧嘩もするけど、僕はこいつを守るって決めてるんだ」

「えへへ、お兄ちゃんってばすぐかっこつけてるー」

それは拙い言葉だった。もしかしたら少年は母に言われたから約束を守っているだけかもしれない。だけど、どこか少年は誇らしげで、少女もまた、嬉しそうで……。

「お姉ちゃん。なんでそんな……今にも泣きそうな顔をしているの？　私たち変なこと言っちゃったかな？」

「え……？」

少女に言われてはっと窓ガラスにうつる姿を見ると、辛そうな今にも涙がこぼれそうな顔がうつっていた。どうやら、私は自分でも思っていた以上にお兄様との屋敷での思い出を大事にしていたようだ。

「ねえ、君にこんなこと聞くのもあれだけどさ……もしも、妹と大喧嘩《げんか》をしちゃって、きまずくなって離れた後にさ、もう一度仲直りとかってできると思う？」

「え……それは……できると思うよ。だって、俺はお兄ちゃんだから。お兄ちゃんは妹よりも偉いから許してあげるんだ」

「えーー、私の方が偉いもん。お兄ちゃんが食べられないピーマンだって私は食べるもん!!」

「今はそんなことは関係ないだろ」

きゃーきゃーと言い合っている二人を見て思わず笑みがこぼれる。

お兄ちゃんだから許すか……うちはどうだろうなぁ……。

兄妹とはいえ血はつながっていないし、喧嘩の内容も彼らほど単純なものではない。だけど、信じてみたいなと……信じたいなと思ったのだ。

「私たちにも仲が良い時期は確かにあったもんね……」

「お姉ちゃん大丈夫？」

心配そうに私の顔をのぞきこむ少女に安心させるように笑顔でかえす。

「ありがとう、もう大丈夫だよ。心配してくれてありがとう」

彼らと話して心が軽くなったのは気のせいではない。勇気をくれた二人に感謝の言葉をつたえる。

「二人が仲良しだからちょっとうらやましいなって思っただけだから安心して。優しいお兄ちゃんにかわいい妹ちゃんでいいなぁって……」

「うん、お兄ちゃんは時々いじめてくるけど、とっても優しいの!!」

「優しいってほめられた……」

満面の笑みで返す二人を見て私の覚悟は完全にきまった。私も……お兄様に……いや、お兄ちゃんにがんばって甘えてみようって。

「お姉ちゃんにも、お兄ちゃんがいるの？」

「うん……とっても頼りになってかっこいいお兄ちゃんがいたんだけど、ひどいことを言ってきずつけちゃってね……二人を見てたら羨ましくなったから、お話しに行くことにしたんだ」

「悪いことをしても謝れば許してくれるよ!!　だって、その人はお兄ちゃんなんでしょ」

「うん……、お姉さんは可愛いし大丈夫だよ……」

無邪気な少女となぜか顔を真っ赤にしてこちらを見つめている。少年にお礼の言葉をいって私は師匠のもとへと向かう。

自分の決意がにぶらないうちに……。

★★

街で出会った兄妹に勇気をもらった私はハミルトン領へと戻るために師匠の研究室で荷造りをしていた。スカーレットはこういうことが苦手だし、魔術書しか持っていかないので、こういうのも弟子の仕事なのだ。

「久々の遠出だなぁ……緊張しちゃうよ。お土産とかどうしよう」

ちゃんとメグが好きそうなものは買っておいたが、そのほかにもお兄様やロザリア、ついでにカイゼルの分も買っておきたい。

そう思っていると、扉が開き金髪の少年が入ってきた。

「やあ、フィリス。故郷に帰るっていうのは本当みたいだね」

「ああ、クレスじゃん。帰るって言っても師匠の付き添いだし、すぐに戻って来るよ」

金色の髪にまだ幼さが残るが整った顔立ちをした彼の名前はクレス。平民でありながらその魔法の才能を認められて魔法学園に入学したというまるで物語の主人公のような少年である。

彼もまた入学試験で私と同様に師匠に才能を認められて弟子入りした一つ下の後輩である。ちょっと頼りないところもあり、まるで弟の様に思って可愛がっている。

「私たちがいなくて寂しくても泣いたらダメだよ」

「……フィリスはヴァイスとは仲が悪いんじゃなかったの？」

私の軽口には乗らずに珍しく険しい顔をしているクレスに違和感を覚えつつも、その真剣な様子にちゃんと答える。

「まあ、喧嘩はしちゃったけど……それは私が悪かったし……謝りたいなって思って……」

「ダメだよ、フィリス。ヴァイスは悪徳貴族って呼ばれるようなことをしているんでしょ。君が帰ったらどんなひどいことをされるか……」

兄をひどく言われて少しモヤるが、クレスが自分を心配してくれていることも痛いほど伝わってきたので、私は彼を安心させるようにメグからの手紙を見せる。

「そうだね……確かにお兄様も領主になったばかりは色々とやっちゃったみたい。だけど、メグからの手紙にもあるように、最近は頑張っているみたいなの。ブラッディ家の令嬢を救ったり、神獣の加護を授かっているらしいんだよ」

「ブラッディ家……？　まさか、アイギス＝ブラッディか!!　それにヴァイスが神獣の加護だって……ありえない。だって、アイギスやヴァイスは……」

自慢げにお兄様の功績を語るとなぜかクレスは驚愕の表情のままぶつぶつと呟き始めた。

ちょっと……いや、かなり変だ。それに、ブラッディ家の令嬢の名前は言っていないのになんで彼は知っているんだろう？

「……まさか、彼も僕と同じなのか……？　未来をかえるために……？」

「クレス……、いきなりどうしたの？」

私が心配して彼の顔をのぞくと、考えがまとまったのか真剣な顔でこちらを見つめてきて、使い古された革袋から、綺麗《きれい》に輝く石を取り出した。

「フィリス……ヴァイスが何を考えているかわからない。だけど、身の危険を感じたら師匠と一緒にこの『転移石』を使って逃げてくれ」

「え、一体何を言っているの？　それに『転移石』ってすごい高価な品物だよね。なんでそんなもの持っているのさ」

「頼む……いつか事情は話すから何も言わないで持っていてくれ。僕はもう君が傷つくところも見たくないし、師匠のことも助けたいんだ……」

私の質問には答えずになぜかすがるようなクレスの表情に私は頷くことしかできなかった。なにがおきているかはわからないけど、とりあえず慎重に動こう。

そう思って私は荷造りを続ける。だけど、思うのだ……お兄様と和解できたらいいなぁと、また、あの不器用な笑顔が見たいなぁなどと……。

あとがき

おひさしぶりです。高野《たかの》ケイです。読者の皆様のおかげで無事二巻をだすことができました。引き続きヴァイス君たちの物語を手に取ってくれてありがとうございます。

一巻が発売した直後はXをエゴサしたり、Ａｍａｚｏｎさんや読者メーターさんの感想などに目を通したりと、しょっちゅうチェックしたのが懐かしいです。幸いにも高評価を頂けたようで温かい感想をいただきありがとうございます。

せっかくなのでこの作品に触れようと思います。ネタバレは無いのでご安心を。

今回はついに義妹キャラであるフィリスとの邂逅《かいこう》がメインとなっています。ヴァイスの中の人の妹への葛藤なども描かれているので楽しみにしていただけたら幸いです。

本来のゲームではヴァイスと敵対した彼女でしたが、一体何を考えていたのか、どうしてこうなったのかがわかります。

また、カクヨムさんで、フィリスの心情が描かれた短編を発売日に投稿しているのでそちらも読んでいただけたら嬉《うれ》しいです。

本編を読み終わって三巻も読みたいな、この作品面白いなって思ったら通販サイトのレビューや、Xなどに感想をつぶやいてくださると嬉しいです。多分エゴサしているのでファボを飛ばしに行きます（笑）。

読者様の声が作者のモチベーションや続刊につながりますので、SNSなどで反応をくださったらとてもありがたいです。

あと推しキャラなどもつぶやいてくださるとそのキャラの出番が少しふえるかもしれません。


最後になりましたが謝辞を。

素晴らしいイラストを描いてくださったイラストレーターのkodamazon様、ヴァイス君やヒロインたちを、私が頭の中で思い描いていたよりも、何倍も可愛《かわい》らしく書いていただきありがとうございます。

また、担当編集の山口《やまぐち》様、西村《にしむら》様、本作を読んでくださった読者様、皆様のおかげで一冊の本になることができました。

それでは、ぜひまたお会いできることを祈って。

電撃の新文芸

悪役好《あくやくず》きの俺《おれ》、推《お》しキャラに転生《てんせい》2
～ゲーム序盤《じょばん》に主人公《しゅじんこう》に殺《ころ》される推《お》しに転生《てんせい》したので、俺《おれ》だけ知《し》ってるゲーム知識《ちしき》で破滅《はめつ》フラグを潰《つぶ》してたら悪役達《あくやくたち》の帝王《ていおう》になってた件《けん》～

著者／高野《たかの》ケイ
イラスト／kodamazon《こだまぞん》

2024年5月17日　初版発行

発行者／山下直久
発行／株式会社ＫＡＤＯＫＡＷＡ
〒102-8177　東京都千代田区富士見2-13-3
0570-002-301（ナビダイヤル）
印刷／図書印刷株式会社
製本／図書印刷株式会社

【初出】……………………………………
本書は、カクヨムに掲載された『悪役好きの俺、推しキャラに転生～ゲーム序盤に主人公に殺される推しに転生したので、俺だけ知ってるゲーム知識で破滅フラグを潰してたら、悪役達の帝王になってた件～おい、なんで主人公のお前も舎弟になってんだ?』を加筆・修正したものです。

ISBN978-4-04-915659-1　C0093　Printed in Japan

ファンレターあて先
〒102-8177
東京都千代田区富士見2-13-3
電撃の新文芸編集部

「高野ケイ先生」係
「kodamazon先生」係

この物語はフィクションです。実在の人物・団体等とは一切関係ありません。

かませ犬転生

～たとえば劇場版限定の悪役キャラに憧れた踏み台転生者が赤ちゃんの頃から過剰に努力して、原作一巻から主人公の前に絶望的な壁として立ちはだかるような～

もう【かませ犬】とは呼ばせない——俺の考える、最強の悪役を見せてやる。

ルーン文字による魔法を駆使して広大な世界を冒険する異世界ファンタジーRPG【ルーンファンタジー】。その世界に、主人公キャラ・シロウと瓜二つの容姿と魔法を使う敵キャラ『クロウ』に転生してしまった俺。このクロウは恵まれたポジションのくせに、ストーリーの都合で主人公のかませ犬にしかならないなんとも残念な敵キャラとして有名だった。

——なら、やることは一つ。理想のダークヒーロー像をこのクロウの身体で好き勝手に体現して、最強にカッコいい悪役になってやる！【覇王の教義】をいまここに紡ぐ！

著／一ノ瀬るちあ
イラスト／Garuku

電撃の新文芸

ご近所JK伊勢崎さんは異世界帰りの大聖女

～そして俺は彼女専用の魔力供給おじさんとして、突如目覚めた時空魔法で地球と異世界を駆け巡る～

「さすがです、おじさま！」会社を辞めた社畜が、地球と異世界を飛び回る！

アラサーリーマン・松永はある日、近所に住む女子高生・伊勢崎聖奈をかばい、自分が暴漢に刺されてしまう。松永の生命が尽きようとしたその瞬間、なぜか聖奈の身体が輝き始め、彼女の謎の力で瀕死の重傷から蘇り――気づいたら二人で異世界に⁉　そこは、かつて聖奈が大聖女として生きていた剣と魔法の世界。そこで時空魔法にまで目覚めた松永は、地球と異世界を自由自在に転移できるようになり……⁉　アラサーリーマンとおじ専JKによる、地球と異世界を飛び回るゆかいな冒険活劇！

著／深見おしお
イラスト／えいひ

電撃の新文芸

チュートリアルが始まる前に
ボスキャラ達を破滅させない為に俺ができる幾つかの事

著／高橋炬燵
イラスト／カカオ・ランタン

この世界のボスを“攻略”し、
あらゆる理不尽を「攻略」せよ！

目が覚めると、男は大作RPG『精霊大戦ダンジョンマギア』の世界に転生していた。しかし、転生したのは能力は控えめ、性能はポンコツ、口癖はヒャッハー……チュートリアルで必ず死ぬ運命にある、クソ雑魚底辺ボスだった！　もちろん、自分はそう遠くない未来にデッドエンド。さらには、最愛の姉まで病で死ぬ運命にあることを知った男は――。

「この世界の理不尽なお約束なんて全部まとめてブッ潰してやる」

男は、持ち前の膨大なゲーム知識を活かし、正史への反逆を決意する！『第7回カクヨムWeb小説コンテスト』異世界ファンタジー部門大賞》受賞作！

勇者刑に処す
懲罰勇者9004隊刑務記録

著／ロケット商会
イラスト／めふぃすと

世界は、最強の《極悪勇者》どもに託された。絶望を蹴散らす傑作アクションファンタジー！

勇者刑とは、もっとも重大な刑罰である。大罪を犯し勇者刑に処された者は、勇者としての罰を与えられる。罰とは、突如として魔王軍を発生させる魔王現象の最前線で、魔物に殺されようとも蘇生され戦い続けなければならないというもの。数百年戦いを止めぬ狂戦士、史上最悪のコソ泥、自称・国王のテロリスト、成功率ゼロの暗殺者など、全員が性格破綻者で構成される懲罰勇者部隊。彼らのリーダーであり、《女神殺し》の罪で自身も勇者刑に処された元聖騎士団長のザイロ・フォルバーツは、戦の最中に今まで存在を隠されていた《剣の女神》テオリッタと出会い——。二人が契約を交わすとき、絶望に覆われた世界を変える儚くも熾烈な英雄の物語が幕を開ける。

異世界から来た魔族、拾いました。

うっかりもらった莫大な魔力で、ダンジョンのある暮らしを満喫します。

著／Saida
イラスト／KeG

もふもふ達からもらった規格外の魔力で、自由気ままにダンジョン探索！

　少女と犬の幽霊を見かけたと思ったら……正体は、異世界から地球のダンジョンを探索しに来た魔族だった!?

　うっかり規格外の魔力を渡されてしまった元社畜の圭太は、彼らのダンジョン探索を手伝うことに。

　さらには、行くあての無い二人を家に住まわせることになり、モフモフわんこと天真爛漫な幼い少女との生活がスタート！　魔族達との出会いとダンジョン探索をきっかけに、人生が好転しはじめる——！

うちの勇者ちゃん達がレベル99になっても初心者の館を卒業しない件について

著／時田 唯
イラスト／たかやKi

**最強で初心者な4人組が織りなす、
冒険と言う名の
ゆるふわスローライフ！**

勇者ミナ、騎士ユルエール、魔法使いリリィ、僧侶シャノ。彼女たちはいつか歴史に名を残すような立派な冒険者を目指す女の子の４人組……にも拘らず、未だに初心者の館を卒業できずにいた……!!

でも彼女たちはまだ知らなかった……初級クエストに挑戦しては失敗し続けた結果、経験値だけがとんでもなく溜まり、いつのまにかレベル９９になっていたことを──。

電撃の新文芸